책 쓰는 책방 하나쯤은

책 쓰는 책방 하나쯤은

그래도 가끔은 쉬어가도 괜찮다

책 쓰고 싶은 그대를 위한 최고북스에서 만든
첫번째 출간 에세이집

들어가며

작년 8월에 책방을 오픈했다. 최고그림책방 이라는 이름으로 부지런히 걸어왔고 사람들이 드나들었다. 아이도 어른도 어르신도 다양한 사람이 방문했고 이야기를 나누었다.

매주 수요일마다 책방에 오던 온결 님, 매주 화요일마다 문을 두드리던 기쁨 님, 그리고 책방의 주인 나. 작은 동네 책방에서 흥미진진한 이야기가 펼쳐지기 시작했다. 100일이 지난 아기는 똘망똘망한 눈으로 엄마를 바라보고 책방의 그림책들을 바라보았다.

글 쓰는 엄마 곁에서 가만히 엄마를 지켜보기도 하고, 나 좀 봐달라 고 칭얼거리며 울기도 했다. 책을 쓰겠다는 일념 하나로 비가 오나, 눈이 오나, 날씨가 궂은 날에도 그녀는 아기와 함께 책방에 방문했다.

스펀지 같은 그녀를 알게 된 건 나에게도 행운이다. 처음 책방을 오픈하고 지역주민들을 위해 매주 무료강의를 열었다. 글쓰기 특강이 있던 날, 조용하지만 강단이 있어 보이는 그녀는 하나라도 놓칠세라 부지런히 강의를 쫓아왔다. 아주 어린 아기를 돌보고 있었는데, 마침 그날 돌보미가 아기를 돌봐주는 시간을 쪼개어 나의 강의를 들으러 온 것이다.

평소에 글쓰기에 관심이 있어도 행동으로 실천하기는 쉽지 않은데, 두 아이의 엄마인 그녀는 묵묵히 집안일도, 요리도, 글쓰기도 현재 진형형으로 해내고 있었다. 좋은 생각에 원고 응모해보라던 나의 말을 그대로 실천하여 원고가 채택되는 기쁨을 누리기도 했고, 적어 둔 원고를 모아 브런치작가에 응모해보자던 나의 조언을 그대로 따라 브런치작가가 되는 영광을 누리기도 했다.

간호사로 오랜 기간 일해왔던 나처럼, 기쁨 님도 7년이라는 시간 동안 한 직장에서 몸담아 일했다. 그러던 그녀가 일을 그만두면서 자신의 일상을 여지없이 경험하고 자신의 기준에 따라 일을 조절하는 모습 또한 인상적이었다.

자신이 무엇을 좋아하고 관심이 있는지, 생각해볼 겨를 없이 시간을 보낸 기쁨 님은 이제서야 자신의 삶을 돌아보게 되었다고 말했다. 면접을 여러 군데를 보고 사람을 만나고, 그 만남에서 보고 느끼고 경험한 것들을 함께 풀어냈다. 어느 날은 펑펑 울었고 어느 날은 정말 마음이 좋았다는 이야기를 전한다.

길거리에 쓰레기를 줍는 일을 자원봉사하고 나무를 심는 일도 혼자서도 묵묵히 해내는 기쁨 님을 보면서 참 마음이 아름답고 따듯한 사람이라는 느낌을 받았다. 이제까지 속 시원히 말하지 못했던 자신의 약점도 강점으로 바라봐주는 사람을 만날 수 있다는 걸 깨달은 그녀의 모습은 참으로 행복해 보였다. 인생의 선택권을 내가 주도적으로 가지고 왔을 때의 기쁨을 온전히 느끼고 있었다.

책방에는 책이 있고 글을 쓰는 사람들이 있었다. 책을 보고 책을 쓰고 책을 만지며 노닐었다. 책과 어려웠던 사람들이 책에 밑줄을 긋기 시작했다. 책은 이렇게 보는 거라는 걸, 독서모임에서 보여주었다. 나 역시 책이 어려웠던 사람이었기에 책이 어떻게 하면 가까워지는지 알려주고 싶었다.

책을 통해 메시지를 전하고 함께 책이라는 목표를 향해 달려갔다. 마흔이라는 나이에 매료돼서 책을 읽기 시작했고, 마흔을 넘기면서 책방 창업도 이룰 수 있었다. 소심하고 평범하기만 했던 내가 책방 하나를 오픈하는 데에는 굉장한 용기가 필요했던 것도 사실이다.

책이라는 재미를 전하기 위해 오늘도 나는 최고그림책방에 불을 켜둔다. 따듯한 분위기에 이끌려 들어온 어르신처럼, 책이라는 따듯함이 당신에게도 전해지면 좋겠다.

책 쓰는 책방 하나쯤은

그래도 가끔은 쉬어가도 괜찮다

서온결

엄마 브런치 작가가 되다

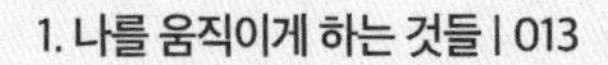

목

차

유기쁨

나도 어른은 처음이라

정희정

어쩌다 보니 출판사

서온결 작가소개

대치동 수학학원 강사, 필리핀 화상영어 원어민 매니저,
여성복 디자인 회사 관리팀, 애완동물 가게, 악세사리 샵 매니저.

상금이 많은 공모전에 글을 넣어 떨어지기를 7년.
아이를 낳고 산후도우미 덕분에 나의 시간을 가지며
본격적인 소설 글쓰기를 시작했다.

단독주택을 지을 때 작가가 되면 사용할 서재를 만들었다.
이제, 그 방으로 들어갈 시간이다.

인스타 @presdelucy
블로그 https://blog.naver.com/rhythmiclucy
이메일 rhythmiclucy@naver.com
브런치작가 https://brunch.co.kr/@rhythmiclucy

서온결

엄마 브런치 작가가 되다

01
나를 움직이게 하는 것들

"어떠한 계기로 글을 쓰게 되었나요?"

많은 사람이 나에게 다가와 묻는 첫 번째 질문, 또 내가 가장 많이 듣는 질문이기도 하다. 처음에는 어릴 적부터 글 쓰는 게 꿈이었다고 이야기했다. 그러다가 어느 진지한 눈을 가진 작가로부터 이 질문을 받았다. 나는 매번 답해오던 '어릴 적부터의 꿈'이 아닌 정말 어느 시점에 내가 글을 쓰게 되었는지 곰곰이 생각해보게 되었다.

그저 가볍게 물었던 질문이었을 텐데 나는 그녀에게 잠시 기다려 달라고 말한 뒤 펜을 들고 생각을 했다. 더듬더듬…. 내가 앉아서 글을 쓰게 된 시점을 찾으며 한 달 전, 석 달 전, 일 년 전으로 테 엮 감듯 회상을 시작했고 그 시작이 바로 산후도우미의 등장이었음을 알게 되었다. 정확히 말하자면 그녀에게 돈을 송금한 그 시점 말이다.

290만 원

복덩이 둘째가 태어나면서 남편의 사업이 세계적인 불황을 뚫고 승승장구 너무 잘 풀리기 시작했다. 아이 얼굴을 잘 못 볼 정도로 새벽에 나갔다가 또 새벽에 들어오기 일쑤였다. 남편 회사의 '전례 없는 기회가 왔다, 다시없을 기회를 잡아야 한다' 는 회사 관계자들의 이야기로 그의 바쁨을 전해 듣곤 했다. 그렇다 해도 당장 두 아이를 혼자 돌봐야 한다는 부담감에 밤늦게 들어오는 남편을 현관에서부터 들들 볶아대었다.

우리의 복덩이 둘째와 산후조리원을 나오면서 한 달 계약한 산후도우미의 등장은 나의 글쓰기에 힘을 불어넣어 주었다. 산후도우미는 집안 살림과 아이 케어 및 나의 건강관리까지 모두 신경 써주었다.

한 달에 290만 원이 솔직히 아깝지가 않을 정도였다. 그녀가 있으면 나는 뭐든지 다 할 수 있을 거 같은 자신감이 들었다. 실제로 내가 무언가 하려 할 때 곁에서 힘이 되는 이야기를 계속해주었다.

한번은 '김미경의 마흔 수업' 이라는 책을 선물 받아 읽는데, 김미경 강사의 초창기 시절 강연장에서 버벅거리며 떨더라 그런 대단한 사람도 작은 무대에서부터 시작했노라 이야기해주었다. 그렇게 내 곁에서 나의 아이와 나를 정성껏 돌봐주는 사람이 있다는 사실이 나를 힘나게 해주었다. 나를 춤추게 해주었다.

실제로 푹 자고 일어나 신선한 생과일주스를 마시고 매 끼니 따뜻한 국에 새로 지은 밥을 먹으니 정말로 힘이 나기도 했다. 첫째 아이 키울 때 겪은 산후통과 산후 우울증이 감히 내 곁에 올 엄두도 내지 못했다. 산후도우미와의 한 달이 어찌나 빨리 지나가는지 하루하루 지나가는 게 너무 아쉬울 정도였다.

산후도우미가 없는 하루가 시작된다고 생각하니 없던 우울증이 생길 거 같았다. 남편도 곁에서 이 사실을 모를 리 없다. 나의 스트레스가 높아짐을 느끼면서 산후도우미 한 달 더 쓰자 이야기를 먼저 해주었다. 너무 비싸지만 그만한 가치가 있다고 느꼈단다. 그녀가 두 번째 달에 출근하면서 나의 마음가짐이 바뀌었다.

그녀가 오는 시간 동안 나는 290만 원, 그 돈보다 더 가치 있는 시간을 가져야 한다는 압박이 들었다. 역시 돈이 사람을 움직이게 한다. 그녀가 오면 나는 준비하고 있다가 바로 도서관으로 출발했다. 어떤 날에는 시동을 미리 걸어두고 그녀가 둘째 순둥이를 품에 안자마자 차를 타고 나가기도 했다.

나는 도서관 책들에 푹 빠져 책 냄새에 흠뻑 젖은 채 오후 1시경 집으로 돌아와 따뜻하고 정성스러운 밥을 먹었다. 그렇게 나를 위해 준비된 점심을 먹고 낮잠을 자고 나면 다시 충전된 에너지를 가지고 2층 서재로 올라갔다. 그리고 나의 이야기를 써 내려갔다.

8월에 아이를 낳고 산후도우미는 근 10월까지 나와 함께 해주었다. 그사이에 내가 사는 마을 근처에 작은 책방이 새로 생겼다.

책방에서 열리는 무료 글쓰기 수업을 호기롭게 신청했고, 그날 역시 아이를 맡기고 커피까지 한잔 내려 마신 후 서점을 찾아갔다. 임신하고 출산, 육아하며 이런 사람 냄새 나는 모임이 얼마나 반가웠던지 일찌감치 서점에 도착했다. 수업 자리를 준비하는 사람들 사이에 어색하게 서서 서점을 둘러보며 사진을 찍어두었다.

그저 어색함을 감추기 위한 습관적인 행동이기도 하다. 수업은 글 좀 쓴다고 생각하는 나 자신을 스스로 겸손하게 만들었고, 학생처럼 글쓰기 수업의 숙제를 차근차근 따라 해보기로 했다.

첫 번째 숙제는 <좋은 생각>에 글을 기고하는 것이다. 나도 <좋은 생각>의 따뜻한 글들을 접하며 커왔기 때문에 글을 보내는 것부터가 나를 설레게 했다. 김포에서 서울로 가는 김포 지하철은 구래역에서 김포공항까지 30분, 김포공항에서 서울역까지가 30분 이렇게 꼼짝없이 앉아 가야 한다.

나는 친정엄마를 만나러 가는 지하철 안에서 <좋은 생각>에 글을 올리기로 했다. 처음 올리는 글이라 길게 써 내려갈 근육이 아직 부족하다고 생각해 짧은 시를 올렸다. 물론 당선될 턱! 이 없다. 정성도 없이 지하철에서 30분 동안 끼적이며 올린 글이 당첨될 리가!!

하지만 <좋은 생각> 편집부는 엉터리 시를 올린 나에게 기특하다며 12월 잡지를 보내주었다. 그 책 한 권을 받아보니 그렇게나 감격스러울 수 없었다. 투박한 종이봉투에 담겨 온 좋은 생각 12월호. 그날 이후 힘을 내서 <좋은 생각>에 글을 더 보냈다.

이번에는 시간과 정성을 들여 긴 수필을 써 내려갔다. 당장 내 글에 대한 피드백을 받고 싶었지만 한참이나 '검토 중'이었다. 그렇게 한 달을 더 보내고 나니 글을 쓰는 일에 대한 자신감이 생겼다.

책방에서 내준 두 번째 숙제는 '제목 따라 하기'였다. 베스트셀러 책들의 제목을 하나씩 따와 비슷하게 따라 하는 것이다. 이 숙제는 내가 너무 좋아하는 시간이다. 짧은 시간 동안 창작의 기쁨도 느끼고 모방의 희열도 함께 느낄 수 있기 때문이다.

제목을 뽑으며 좋은 소재가 될만한 것들은 형광펜으로 따로 그어두었다. 예전의 베스트셀러들 제목을 보니 내가 읽은 책들도 꽤 되었다. 추억의 책들을 둘러보며 제목 짓는 일은 지루한 육아에 남모르는 재미를 얹어주는 시간이 되었다.

이렇게 책방에서의 크고 작은 즐거움을 찾으며 함께 운영하는 네이버 카페에 가입했다. 마침 공저하는 과정을 모집했다. 글쓰기에 30만 원을 내야 하는가? 에 대해 굳이? 나는 이렇게 생각하던 사람이었다. 글은 스스로 쓰면서 연습하는 거지~ 그리고 글 쓰는 팁은 책이며 유튜브에 널렸잖아~ 이런 생각을 해왔었다.

그런데 뭐든지 타이밍이 있다!! 연말에 통장에 모아둔 돈 100만 원이 있었다. 크리스마스에 '몽클레어' 패딩을 사 입자 계획해서 한 달에 10만 원씩 모아둔 돈이었는데 '몽클레어' 바람막이도 못 사는 하찮은 돈이 되어있었다. 패딩 하나 가격이 300만 원이 넘다니….

브랜드의 거품을 운운하며 스스로 계획한 '몽클레어 패딩 적금'이 고스란히 남아 있던 참이었다. 그 돈은 나에게 선물을 해주고 싶다는 생각을 했는데 공저와 개인 글쓰기 모집 글에 눈이 꽂힌 것이다. 이렇게 타이밍이란 정말 중요하다.

이렇게 나의 글쓰기가 시작되었다. 수험기간 동안 접어두었고, 결혼과 육아를 핑계로 노트북에 먼지가 수북이 쌓였었다. 노트북을 켜고 한글에 글을 적어 내려가기 시작했다. 머릿속 글들이 손으로 나오기까지 버벅거리고 타자도 실수가 잦아 다시 쓰기를 반복하며 글을 쓴다.

아이가 잠들면 글을 쓴다. 차 안에서 아이가 잠들면 깨워 집으로 들어가지 않고 조용히 노트북을 꺼내 몇 자 더 적어 내려간다. 잠든 아이를 깨우고 싶지 않은 엄마의 마음과 그 시간 동안 내가 할 수 있는 무언가가 있다는 게 너무 소중하기 때문이다.

매주 목요일 1시.

최고그림책방에 나의 글을 프린트해 들고 간다. 아이를 유모차에 태우고 신이나 책방을 찾아간다. 일주일 동안의 숙제를 검사받고 내가 적어 내려간 글들을 함께 이야기하며 글에 관해 이야기한다. 내가 글쓰기 연습을 하는 동안, 책방지기는 아이를 대신 안아준다. 낯가림이 없는 아이는 자신을 안아주는 사람들을 찬찬히 들여다본다. '그대는 누구지요?' 하는 눈으로 말이다.

그녀가 책방을 돌아다니며 아이에게 책을 읽어주고 아이에게 안부를 묻는 짧은 시간 동안 나는 부지런히 글을 짓는다. 그 시간 동안 써 내려간 글들을 다시 집으로 가져와 다듬으며 글을 완성해 나간다.

나를 움직이게 하는 것은 참 많다.

산후도우미 290만 원이 아까워 더 발전적인 시간을 가져야 한다는 생각에 도서관을 다니며 책을 읽고, 책방에서 진행하는 무료 글쓰기가 나를 책방으로 이끌었다. 몽클레어 적금이 글쓰기의 토대가 되었고, 지친 육아는 나의 스트레스를 글로 풀어내는 원동력이 되었다. 이 모든 것이 나를 움직이게 한다. 이 작은 움직임들이 모여 나의 꿈에 가까이 가까이 다다르기를 바라는 마음이다.

02 전원주택 가사도우미를 모십니다

"안녕하세요, 오늘 아침에 차가 수리 들어가서 죄송하지만, 오늘 못 갈 거 같아요. 다음에 다시 연락을 드리도록 하겠습니다."

아…. 그럼 미리 연락을 주시지 만나기로 한 약속 시각이 다 되어서야 못 온다고 메시지 하나 보내다니…. 당장 오늘이 남편 생일이라 갈비찜이며 잡채 만들 재료들을 다 사서 유모차에 싣고 다녔구먼!!! 너무 힘이 빠진다. 이 재료들을 다 어쩐담.

이렇게 힘 빠지는 일이 처음은 아니다.

전원주택 가사도우미를 구하기 위해 먼저 김포에서 제일이라 하는 맘 카페에 구인광고를 올렸다. 시세를 확인해보니 3시간에 5만

원이면 적당하다고 생각했다. 그리고 최저 시급보다야 높으니 괜찮은 거라고 확신했다. 그리고 솔직히 청소 3시간이나 할 것도 없다. 쓸고 닦고 할 공간도 없이 아이들 물건으로 꽉 차 있는 애 있는 집이니 말이다. 내가 바라는 것은 그저 청소라기보다는 정리의 개념이었다.

거실과 주방의 어수선함을 조금 정리하고 싶었을 뿐이다. 나도 깔끔하지는 않지만 아이 키우는 사람인지라 집에 굴러다니는 머리카락은 바로바로 돌돌이로 돌리고 아이들, 남편 그리고 나의 건강을 위해 하루에 한 번 환기하고 이불 털고 바닥 정도는 치운단 말이다.

그러고도 조금 부족한 부분들을 정리해 주십사 하고 사람을 구하는 건데 이렇게 사람 만나기가 어렵다. 이번이 4번째다. 처음에는 연락을 준 것만으로도 너무 기쁘고 설레서 신학기 짝꿍을 만난 여중생처럼 연락처를 주고받고 안부를 물으며 약속한 날까지 연락을 이어왔다.

그러나 반복되는 차 고장이라는 메시지를 받고 나서는 나도 마음이 조금 단단해져 이번에는 연락처를 주고받지도, 카톡에 친구추가도 안 했다. 솔직히 그 상대방의 전화번호도 묻지 않았다. 이름조차 말이다. 그저 카페 채팅창으로 주고받은 주소와 만나기로 한 날짜만 확인했을 뿐이다. 나 역시 준비하고 있었다. 그녀의 거절 메시지에 대한 실망감을.

어젯밤 가사도우미가 올 거라고 남편에게 말했다. 남편은 바로 밥을 먹으며 이렇게 무덤덤하게 이야기했다.

"화장실 청소는 시키지 말자"
"그치? 우리가 쓰는 곳인데 청소하라고 하기 좀 그렇네"
"내가 밥 먹고 화장실 한번 청소할게"

내가 남편에게 반한 부분이 바로 이런 부분이다. 나와 남편의 성격은 정말 다르지만, 사람을 대하는 마음의 결이 참 비슷하다. 나 역시 가사도우미로 우리 집에 와서 쭈그리고 앉아 화장실 청소를 할 '그녀'가 안쓰러워 궂은일은 시키지 말자는 생각을 하던 참이었기 때문이다.

심지어 어제오늘 안 하던 부엌 정리를 끝내 놓기까지 했다. 일하는데 이렇게 지저분하면 안 된다고 하면서 너저분한 것들을 정리하고 제자리를 못 찾은 것들에게 자리로 돌아가게 도와주었다. 물론 내가 옮기고 정리했다는 소리다. 아, 물론 내가 해야 했던 것들인데 안 하고 있었지.

그렇게 부엌과 화장실이 정리되니 뭔가 나도 할 수 있겠다는 자신감이 생겼다.

장 봐온 소갈비의 핏물을 빼는 동안 잡채에 들어갈 채소들을 다듬고 커다란 냄비에 물을 바글바글 끓여서 고기를 넣고 한 번씩 데쳐주었다. 양념을 부어 압력솥에 데친 고기를 넣고 불을 세게 올려두었다. 잡채의 채소들을 모두 집합시켜 불려둔 당면과 달달 볶아내니 제법 생일상 차림이 되어가고 있었다.

마지막으로 남편이 좋아하는 진미채 소스를 자작하게 만들어내 불려둔 진미채에 버무려 반찬을 완성했다. 이 와중에 다행인 것은 둘째 순둥이가 보채지 않고 푹 잠을 잤다는 것이다. 아이가 보채면 엄마는 아무것도 할 수가 없다. 몸이 하나이니 보채는 아이 안고 뭐 하나 제대로 해내기가 너무 힘들다.

어제오늘 가사도우미가 온다고 부엌을 치워둔 덕분에 넓고 깨끗한 공간에서 재료들을 마음껏 펼쳐놓고 요리할 수 있었다. 공간이 주는 창작의 기회다. 끼리끼리 논다고 가끔 아이 둘 키우는 친구랑 화상통화를 할 때가 있다. 그 친구의 집도 우리 집이랑 비교해 만만찮게 지저분하고 어수선하다.

서로 보이는 배경을 창피해하지 않으며 너도 그러냐? 나도 그렇다. 하며 쌓여있는 빨래 더미를 보여주고, 해치워야 할 설거지를 보여주고, 정리가 가능할지 가늠이 안 되는 아이들의 장난감을 보여준다. 친구는 호텔에서 주말을 보내거나 휴식을 취하는 호캉스 패밀리다. 서울 근교의 호텔은 다 가본 듯하다. 집 안 치우고 쉬고 싶을 때는 아이들 데리고 호텔 가서 쉬었다 온다고 한다. 어라~ 아주 좋은 방법이구나 생각했다.

나 역시 호텔을 사랑하는 여자다. 호텔 최저가 프로모션이 나오면 눈이 커지고 심장이 두근두근하는 사람인데, 혼자 호텔에 가는 걸 좋아했다. 결혼하기 전에 말이다. 호텔에 들어서면 잘 정리된 침구며 아무것도 올려져 있지 않은 책상이 너무 좋았다.

강남의 인터콘티넨털 스위트를 갔던 적이 있는데, 그곳에 아주 중후한 서재 책상이 있었다. 호텔이랑 어울리지는 않았지만 아마도 스위트 룸이라 실내장식을 위해 가져다 놓은 것이겠지 싶었다. 커다란 책상에 반듯하게 놓인 종이와 펜. 무엇이든 써 내려갈 수 있을 것만 같았다.

실제로 호텔에 비치된 작은 메모지에 이것저것 엄청 써대고 그려냈던 거 같다. 그리고 도도하고 빳빳하게 깔아놓은 하얀 호텔 침대 커버에 아무렇게나 드러누워 쉬었는데 그때가 참 좋았던 것은 아무것도 없었기 때문인 거 같다.

시간이 흘러 내가 챙겨온 물건들로 어수선해진 화장대며 책상 위 그리고 침대를 보면 글 쓰고 싶은 생각이 또 싹 사라져버렸다. 빈 곳에서 느낄 수 있는 휴식과 채움의 시간이 분명 있다고 믿는다.

가사도우미를 맞이하는 전날 이렇게 남편과 나는 부지런히 대청소 아닌 청소를 하는데, 남에게 보이기 부끄럽지 않을 정도는 되어야지 하는 마음으로 치우다 보니 참 깔끔하게 하게 되더라는 것이다. 가사도우미가 와서 다 해줄 부분임에도 최소한의 예의를 갖추고 싶은 마음이다. 다시 맘 카페에 글을 올려야 할 거 같다. 이 층으로 올라가는 계단의 사진을 첨부할 생각이다.

이층 방 사진도 올려 이곳은 정말 깨끗한 곳이니 걱정하지 마세요. 치울 게 하나도 없습니다. 160평의 이층집이란 집의 정보에 지레 놀라지 않게 설명해둘 생각이다. 그저 거실과 부엌만 치워주세요. 아니 정리해 주세요. 제가 정리가 서툰 사람이라 배우고 싶어서 그렇답니다. 이렇게 올려야 할까? 이렇게까지 사정해서 구인해야 하나 잠시 생각하게 된다.

전원주택 가사도우미라고 크게 다를 게 없다.
다만 눈이 오면 눈이 내리는 거 보면서 같이 커피 한잔하며 마당을 지키는 소나무에 쌓이는 눈을 보면 되는 것이다. 사람 사는 곳은 다 비슷비슷하다. 유별난 사람이 사는 곳이 아니니 부디 내 집에 오시옵소서.

03
세 자매

1981.05.21. 未시.

이것은 나의 사주다. 나의 사주에는 형제들과 멀리 떨어져 살면 그들과 사이가 좋다. 이렇게 나온다. 사주보며 가장 인상적인 글이었는데, 살다 보니 그 글이 항상 와 닿는다. 멀리서 가끔 안부를 전하고 좋은 소식에 만나 밥 먹다 보니 자매들 사이가 여간 좋은 게 아니다. 카톡은 피할 길이 없어 만남보다는 더 자주 이야기하지만, 말과 달리 글은 나의 상황을 조금 더 생각하고 이야기해 서로에게 예의를 차릴 수 있다. 만나면 그게 참 어려운데 말이다.

나에게는 79년생 양띠 언니와 82년생 개띠 여동생이 있다.

세 자매를 낳고 엄마는 시어머니 돌아가실 때까지 사랑받지 못한

며느리가 되었다. 엄마는 말하지 않았지만 어린 나의 기억에도 친할머니는 그렇게나 쌀쌀맞고 차갑게 엄마를 대했다. 아무것도 모르는 어린 나 역시 할머니를 싫어했으니 말이다.

그 시절 아들은 하나 낳아야 하는데 딸만 셋이라는 말을 굳은살 배기듯 듣고 살았을 엄마가 조금은 딱하다. 하지만 지금은 딸들이 엄마 아빠를 얼마나 살뜰하게 챙기는지 그 서러웠던 시절을 다 보상받고도 남는다.

우리 세 자매는 만약 아들이 있었으면 아빠 닮아서 엄마 고생만 시키고 결혼한다고 집안 등골 빼먹었을 거라는 상상의 못된 아들을 하나 만들어, 매번 있지도 않은 아들을 험담하며 즐겁게 이야기한다.

언니 이름은 서정아. 언니는 성격이 이상하다. 아마도 이름에 我 '나 아'자가 들어가서 그런 거 같다. 두 살 많은 언니는 성격이 이상하지만 어릴 적 나의 우상이다. 공부도 잘하고 예뻐서 친척들을 만나면 항상 언니 칭찬으로 인사를 시작했다.

언니를 보며 코는 백만 불짜리요 눈은 오백만 불이다. 라는 실없는 소리를 했던 친척 아저씨도 있었다. 언니는 그 백만 불, 오백만 불짜리를 수능 끝나고 강남 가서 다 갈아엎고 꿰매고 찢고 했다. 그 시절 엄마랑 동생도 다 같이 성형 수술을 했다.

그래서 가족 모임을 하면 나 빼고 다들 닮았다는 소리를 듣는다. 이런 유전적이지 않은 인공적인 이유로 말이다. 그래서 한참 동안 그녀들은 나도 그 병원에서 눈 쌍꺼풀만이라도 하고 오라고 성화였다. 식구들에게 달달 볶여 그래 나도 수술을 하겠노라 약속하고 집에서 수술비를 받아 외국으로 배낭여행을 가버렸다.

그 이후로 눈 수술하라는 말이 쏙 들어갔다. 지금 하라고 하면 당장 가서 눈도 찢고 쌍꺼풀도 하고 올 텐데 말이다. 그 당시에는 성형수술보다 배낭여행이 더 간절했던 거 같다. 그래도 이상한 성격을 감추고 결혼까지 성공한 언니는 인천 서구의 대장 아파트를 분양받아 아주 잘살고 있다. 자신의 아파트가 최고라고 대장 대장 거리며 가족 채팅방에 아파트 시세를 틈틈이 올려준다. 아무도 관심 없지만 그녀 역시 지치지 않고 올려준다.

집안 식구들도 언니의 성격이 대단히 유별나다는걸 모를 리 없다. 그래서 언니를 데리고 가 준 형부에게 극빈 대접을 한다. 형부는 우리 집의 VIP다. 저 성격을 어찌 보듬고 사나 자세히 들여다보니 형부네 어머니 성격이 장난 아니란다. 여장부 같은 분이신데 아들은 그런 강한 어머니 품에서 자라 언니 정도 성격은 아주 가볍게 생각하는 거 같았다. 심지어 귀엽게 받아들이기도 한다. 역시 귀한 형부다. 웬만해선 언니 잔소리에 남자 한 트럭은 도망갈 텐데 말이다. 그래도 생활력이 강한 사람이라 악착같이 모아 두 아이를 키워 방학 때마다 해외여행을 다니며 남부럽지 않게 잘살고 있다.

타고난 성실함으로 공무원이 되어서 주말에도 부지런히 나가 아이들 학원비를 벌어오는 사람이다. 손재주가 많아 집안 식구들 손톱다듬기며 파마 심지어 눈썹 파마까지 직접 해준다. 명절에 만나면 모두가 뽀글뽀글한 머리가 되어 돌아간다.

나 역시 지난주에 뽀글뽀글한 머리가 되어 모자를 쓰고 다니고 있다. 파마를 한다는 거지 잘한다는 건 아니다. 재주가 많은 사람인데 집안에서 금전적으로 뒷받침해줬다면 더 좋은 자리에서 빛나는 업적들을 쌓았을 것도 같다. 그 재주는 언니의 첫째 아들이 고스란히 물려받아 미래의 아티스트로 거듭날 거 같다. 조카가 그리는 그림이나 클레이로 만드는 장난감들을 보면 예술에 식견이 없는 나도 감탄할 정도다. 재능은 타고나는거 같다.

동생은 82년 개띠.

이름에 善 '착할 선'이 들어가 정말로 착하게 산다.

내가 돈 없어 여행을 못 가고 집에서 몸살이 났을 때 금전적으로 지원해준 사람이 동생이다. 그 당시 둘 다 대학생이라 돈 없기는 마찬가지였을 텐데 한푼 두푼 모아둔 돈을 언니 여행경비로 선뜻 내어준 고마운 동생.

내가 작년에 집 지을 때 정권이 바뀌고 모든 대출이 막혔을 때도 동생이 차용증 하나로 돈 오천을 빌려줬다. 아니 볼 거 없어 보이는 녀석이 언제 이렇게 모았나 기특할 정도였다. 이자는 높이 받아갔지만 그래도 착한 거다. 돈 빌려주는 사람은 무조건 착하다.

언니가 미술 쪽으로 뛰어난 재능을 가졌다면, 동생은 글 쓰는 쪽으로 재능이 있다. 그녀의 글을 따로 읽어보지는 않았지만 여기저기서 수상한 경력들이 꽤 된다. 무조건 상금이 있는 곳에서만 글을 쓰는 글쟁이지만 그래도 나름 뛰어난 실력을 갖춘듯하다.

언젠가 로또가 되면 직장 때려치우고 글 쓰며 살겠노라 했는데 로또 살 돈이 아까워서 사지 않는 사람이다. 그녀가 로또에 당첨될 확률은 '제로'다. 아직 결혼하지 않았는데 앞으로도 결혼 생각은 없으시단다. 사주에 결혼하면 남자 먹여 살려야 하는 팔자라고 했단다. 그럼 왜 결혼해서 고생하느냐고 자기는 결혼하지 않겠노라 이야기했다. 그녀를 데리고 갈 눈먼 놈도 없으니 그녀의 다짐은 이루어지리라.

동생은 덩치가 크지만, 체력은 약해서 버스 타고 명동만 다녀와도 코피가 난다. 그녀 자신도 자신의 체력에 대해 잘 인지해서 움직임을 최소화하며 살고 있다. 회사와 집을 최단거리로 잡아서 걸어 다니고 집안에서도 움직임을 아껴 먹고 누워있기만 한다. 그러니 살이 찌지.

언니랑 가끔 동생 오피스텔에 가서 반찬 채워주고 오는데 살림이 너무 단순해서 안쓰럽긴 하다. 돈 아끼느라 아무것도 사지 않고 미니멀 족으로 사는 동생. 그 돈 다 모아서 나 빌려주기도 하니, 아끼는 일에 대해 내가 뭐라 잔소리 할 처지가 아니다. 가족들은 몸이 약한 막냇동생이 직장 다니며 사람 구실 하는 것만으로도 눈감고 죽을 수 있다 이야기한다.

그만큼 막내딸에 대해 큰 기대 없이 관심 없이 잘 보살펴주고 있다. 그녀 역시 남들의 과도한 관심과 연락에 대해 거부감을 느낀다. 일본의 은둔형 외톨이를 즐기는 그런 아이이다. 빨리 남은 삼천만 원을 갚고 잔소리를 시작하고 싶다.

나는 둘째다.

어릴 적 이름을 한자로 적을 때면 언니와 동생 모두 定 '정할 정'을 쓰는데 나만 貞 '곧을 정'을 썼다. 나중에 안 사실인데, 아빠는 내가 엄마 배 속에 있을 때 하도 발로 차고 씩씩해서 아들인 줄 알았다고 한다.

엄마 아빠의 기대와 달리 내가 딸이라 실망한 마음에 출생신고도 미루고 안 했단다. 아빠 친구가 동사무소에 가서 출생신고를 했는데 임의로 한자를 써서 나만 한자가 달랐다. 결혼할 때 날짜를 잡으러 점집을 갔는데, 사람 이름에 쓰는 한자가 아니라며 이름을 바꾸는 게 좋겠다는 말을 들었다. 그 이후로 좋은 이름을 짓는 사람을 수소문해서 지금은 다른 이름으로 바꾸었다. 집에 복이 많이 생기고 건

강해지는 이름이란다. 이렇게 나는 이름을 두 개 가지게 되었다.

둘째는 좋은 점이 많다. 언니가 있어 의지할 수 있고, 동생이 있어 그저 든든하기 때문이다. 학창시절에도 요즘 말하는 왕따나 은근한 따돌림을 겪지 않은 것은 자매들이 친구가 되어 항상 곁에 있었기 때문이리라. 외로움을 느낄 시간이 없었다. 언니랑 싸우면 동생한테 가서 이르고 언니 흉을 보고, 동생이랑 싸우면 언니한테 가서 또 흉보며 혼내주자 작전을 짜기도 했었다. 어릴 적 싸우고 화해하며 바쁘고 정신없이 지냈다.

나는 두 딸을 낳아 키우는데 이 녀석들도 커 가면서 서로 의지하고 사랑하며 살아가길 바라고 있다. 시댁에서는 둘째가 딸이라 대놓고 섭섭해하셨다. 시아버지는 아들 낳으면 벤츠 사준다는 말도 했다. 벤츠보다 더 소중하고 사랑스러운 딸아이를 안으며 한없이 사랑을 전해준다.

남편과 나는 셋째 계획이 있다. 아들이 없어서 하나 더 낳아보자는 심산이 아니다. 우리는 항상 아이 셋을 낳아 키우자 이야기했었다. 남들은 셋째도 딸이면 어쩌냐 걱정하지만, 나는 오히려 자매들의 우애를 기대해 본다. 내가 그랬듯이, 우리가 그랬듯이 말이다.

요즘 엔화가 싸서 모두 일본여행을 떠난다.

나도 금요일 밤 홈쇼핑에 나오는 일본여행을 보며 우리 자매들 여행을 계획해 보았다. 짠순이 동생은 돈이 아까워서 안 갈 것이고 언니도 주말에 아이들 학원비 벌어야 한다고 안 갈 것 같다. 그래도 나는 우리 세 자매의 일본여행을 추진할 생각이다.

남편 몰래 모아둔 돈으로 올해 세 자매의 일본 벚꽃 여행을 꿈꾸고 있다. 우리는 한 번도 같이 여행을 가본 적이 없다. 여행 가서 싸우고 오겠지만 그래도 젊은 날의 우리를 기억하기 위해 꼭 한번은 떠나고 싶다. 흐드러지게 핀 벚꽃 아래서 세 자매가 일본 전통 옷을 입고 브이 하며 찍은 사진을 카카오 배경 사진으로 올리는 날이 오기를 꿈꾸어본다. 비행기 타기 전, 공항 라운지에서부터 싸우고 있을 우리 세 자매의 모습이 벌써 눈에 선하다.

04
내 삶의 달콤한 당근

로빈 벨 robin vale.

호주 멜버른에서 기차로 6시간 그리고 버스로 2시간 정도 더 들어가면 나오는 작은 마을이다. 이곳은 나의 고향 같은 곳이다. 지금도 삶이 퍽퍽하고 고되다 느껴질 때면 밤에 혼자 책상에 앉아 구글 앱으로 호주의 작은 마을 로빈 벨 주소를 치고 찾아본다. 거리가 어떻게 변했는지 새로운 상점은 무엇이 들어섰는지 말이다. 나의 비밀스러운 취미다.

로빈 벨은 20대에 처음 알게 된 마을이다. 낯선 동양인 여자를 반갑게 맞아준 마을 사람들 모두가 나의 친구다. 마을이라고 해봤자 너무 작아서 지나가다 만나는 사람 모두 건너 친구다. 이 작은 마을에는 일주일에 한 번 수요일마다 도서관 차가 온다. 작은 도서관이라 할 만큼 많은 책을 싣고 다닌다. 매주 수요일 마을 공원 한쪽에 서 있는 차를 발견하면 심장이 두근거렸다.

'이번 주는 무슨 책을 빌릴까?'

설레는 마음으로 수요일을 기다렸다.

나는 주로 요리책을 빌렸다. 일하고 지친 주말에 작은 영어 글씨 책들을 읽는다는 것은 불가능했기 때문이다. 그림이 많은 요리책은 만만했다. 느린 주말 오후 도전해 볼법한 프랑스 요리, 제법 만만해 보이는 동남아 쌀국수, 파인애플 볶음밥 등등 이었다.

요리책이 지루해지면 그림책을 빌려 보았다. 처음에는 아이들을 위한 책이려니 생각했는데, 그 이야기들은 아이 어른을 구분 짓지 않았다. 내용이 다 기억나지는 않았지만, 수요일 밤 잔뜩 빌린 책들을 머리맡에 두고 다른 날보다 조금 더 늦게 잠자리에 들었던 거 같다. 수요일 밤의 피곤함은 다른 날들과는 조금 다른 피곤함이었다.

새로운 책들을 마주하며 반갑고 설레는 마음으로 인한 피곤함, 중독이 되는 묘한 시간이었다. 그때 나에게 다른 언어의 책을 꺼내본다는 것이 어색하지 않고 두려운 일이 아니라는 것을 알게 해준 거 같다. 불편함이라고는 그 도서관 버스에 올라가는 좁고 미끄러운 계단뿐이었다.

호주 정부에서는 이동도서관을 이용해 작은 마을 사람들에게도 책을 접하는 것이 특별한 일이 아니라는 것을 알려주었다. 호주에서 일하는 외국인들에게도 쉽게 도서관 카드를 발급해주어 도서관의 문턱을 낮추어 준 배려가 참으로 고마웠다. 내가 좋아서 떠난 여행이었지만 고되다면 고된 타지 생활에서 나는 그 작은 도서관을 통해 힘을 얻었다.

남편과 여행을 자주 다니던 시절, 공항에서의 즐거움은 바로 서점이다. 예전에 핸드폰을 많이 사용하지 않던 시절에는 그 나라의 지도와 마을, 자동차 지도까지 공항 서점에서 팔곤 했다. 그 외에 베스트셀러나 신작 코너들도 작게나마 마련되어 있었다. 각 나라의 공항에서 파는 책들을 한 권씩 사는 게 나의 은밀한 취미였다. 외국어로 된 책들을 사 모은다는 걸 알면 읽지도 않을 책을 산다는 괜한 핀잔을 듣기도 해서 아무도 모르게 나 혼자 수집했다. 나에게 그 책은 그 자체로 기념품이 된다는 걸 누군가에게 일일이 설명하는 것도 피곤한 일이다.

언제부턴가 여행지에서 스타벅스 기념 컵을 사는 대신 그 나라의 베스트셀러 책을 한 권 사 들고 오게 되었다. 아직도 내 서재에 그 책들이 그대로 남아 있다. 그 책을 보면 그 날의 공항, 그때의 여행들이 책 표지에 묻어나 나를 설레는 공항으로 데려다 놓는다. 그중에 가장 아끼는 책은 일본 나리타 공항에서 사 온 하루키 책이다. 아주 작은 손바닥만 한 책이다. 서점 직원은 고전적인 얇은 종이로 내 책의 앞뒤를 포장해주었다. 직원이 포장하는 동안 설레는 맘으로 얌전히 기다리고 있던 내 모습이 아직도 생생하다. 일본 문화인 걸까? 책 표지를 다 가리고 읽는 것이 어색했지만 또 색다른 느낌이었다. 아직도 빛바랜 그 종이가 책을 감싸고 있다. 얇은 책이라 후다닥 읽어버리면 너무 아까울 거 같아서 아껴서 문장들을 천천히 읽어갔다. 이렇게 모아둔 책들은 그 책의 내용과 그 책을 샀던 추억까지 안고 나에게 다가온다. 내가 책을 소중하게 여기는 건 바로 이런 이유 때문이다. 사람들은 좋은 글귀에 밑줄을 긋고 형광펜을 칠하고 포스트잇을 붙이라 이야기하지만 나는 그냥 읽는다. 다시 읽었을 때 책이 나를 기억하고 그 글들 앞에서 서성이게 한다. 굳이 표시하지 않아도 나 역시 그 글귀들을 기억해낸다. 책이 늘어가면서 나의 추억도 그리움도 함께 쌓인다.

아이를 낳고 내 책을 사 모으는 게 쉽지 않았다. 도서관을 가도 아이들 코너에서 머물다 오는 게 일상이 되었고 일반 서적이 있는 2층은 올라가 보지도 못하고 오는 게 일쑤였다. 내가 그랬듯 아이도 도서관이라는 공간이 얼마나 멋지고 근사한 곳인지 알려주고 싶었다.

아이가 도서관에 흥미를 갖지 못하는 건 친구가 없기 때문이라고 생각해 맘 카페에서 같은 또래 친구들을 모았다. 토요일 오전 10시 모두 도서관에 모여 함께 책을 읽자고 했다. 내가 영어책을 읽어주겠노라 이야기했더니 다른 엄마는 인형극처럼 읽어주겠노라 호기롭게 이야기하고 만났다.

모두 첫째 엄마들이라 세 살 아이들이 모이면 야단법석에 엉망진창이 된다는 사실을 몰랐다. 결국 우리는 책 한 권 읽지 못하고 도서관 사서에게 이렇게 떠들면 안 된다. 경고받고 집으로 돌아와야 했다. 독서 친구를 만들면 책에 흥미를 갖겠구나! 너무 단순하게 생각했다. 엄마들의 뜨거웠던 채팅방은 그날 이후 서로의 안부나 묻는 싫증 난 공간이 되어버렸다.

하지만 나는 자연스럽게 아이가 책을 접할 수 있도록 지금도 토요일 오전이면 도서관에 간다. 다만 처음과 달라진 게 있다면 아이가 책 읽는 것에 더는 집착하지 않는다는 점이다. 책장에 꽂힌 책들을 손으로 눈으로 훑으며 지나가기도 하고 아이와 가만히 앉아 의자를 돌려보기도 한다. 책 읽어주는 부모 곁으로 다가가 함께 도둑 듣기도 하고 온다.

돌아오는 길에는 아이가 좋아하는 음료수를 함께 마신다. 처음엔 도서관에 머무는 시간이 짧았다. 도서관 주차장은 1시간 무료였는데 지금은 아이가 더 머물고 싶다 이야기해서 주차장에 차를 다시 뺐다가 넣기를 두어 번 해야 한다.

어떤 날은 좋은 책을 발견하고 빌리기도 하고 또 어떤 날은 책을 빌리지 않고 어슬렁어슬렁 둘러보고 나온다. 더는 책을 빌리고 책을 읽어야만 하는 강박관념을 갖지 않게 되었다. 내가 읽고 싶은 책은 따로 상호대차로 주문해 가까운 작은 도서관에서 받아본다. 아침에 아이를 어린이집에 등원시키고 도로도 공기도 한산한 오전 시간에 혼자 작은 도서관에서 내 이름이 적힌 책 꾸러미를 들고나온다.

겨울이라 차에 시동을 켜고 잠시 앉아있는데 그 시간 동안 빌려온 책 꾸러미를 펼쳐보며 반갑다 이야기한다. 한 장 한 장 정성스럽게 읽을 수 있는 시간은 아니지만, 만남의 반가움을 한 권 한 권 쓰다듬으러 전달한다. 아이와 나, 서로 다른 방식으로 책을 접하고 있다. 네 살 딸은 엄마가 빌려온 책들을 아직 읽지는 못한다. 그래도 엄마의 책들을 보며 엄마처럼 읽는 척을 해보기도 하고, 표지의 그림에 관해 이야기하기도 한다. 그 이야기들이 길게 이어지지는 않지만, 엄마도 읽고 싶은 책들이 많은 사람이라는 것과 아이와 함께 읽고 싶은 책들이 많다는 것을 숨 쉬듯 알려주고 있다.

아이의 아빠는 항상 바쁘다. 딸 아이가 바쁜 아빠와 마주할 수 있는 시간은 잠들기 전인데, 이 시간을 토닥토닥 재우며 보내기 아쉽다는 생각을 했다. 책바구니를 준비해 침대 머리맡에 아이가 잠들기 전 읽으면 좋은 얇은 책들을 담아 두었다. 아이는 그중 자기가 좋아하는 책을 골라 아빠에게 읽어달라고 한다. 아빠도 아이와의 시간을 소중히 여겨 정성스럽게 읽어준다.

이유는 모르겠지만 엄마는 매일 바쁘고 또 힘들다. 종일 바쁜 엄마의 빠른 책 읽기와는 달리 아빠의 책 읽기는 조금 느리다. 천천히 그러나 생동감 있게 낮은 목소리로 아이에게 책을 읽어준다. 그럼 옆에서 듣던 나도 한마디씩 추임새를 넣어 장단을 맞춘다. 아이가 아빠의 이야기에 빠져들 수 있도록 거들어 준다. 아이가 가져오는 잠자리 책들은 항상 정해져 있어 이제 깜깜한 밤에 불 없이도 남편은 책장을 넘기며 이야기를 들려준다. 나 역시 매일 똑같은 책을 가져오냐고 핀잔을 주지만 매일 들어도 지루하지 않은 아빠의 목소리에 아이는 아랑곳하지 않는다. 아빠가 출장을 가기라도 하면 그 전날 아이는 거실에 있는 책들을 낑낑대며 안방으로 옮기기 시작한다. 이 책을 다 읽고 잘 거라고 책 한 보따리를 아빠에게 전달한다. 그런 아이의 모습이 지켜보는 나는 마냥 즐겁고, 책을 건네받은 남편은 조금 울상이다. 그래도 아이에게 항상 따뜻하게 이야기해주는 사람이다.

아이는 가져온 책이 다 끝나기 전에 잠들어버린다. 아빠의 이야기를 들으며 잠든 아이의 숨소리는 엄마가 자라고 잔소리하고 울며 잠들 때와는 다르다. 새근새근 아이의 숨소리에 나도 기분이 좋다. 오늘 하루의 육아가 끝났다 확인하며 나만의 시간을 갖는다. 아이를 처음 낳아 키울 때는 이 시간에 아이 육아에 대한 정보를 얻고자 핸드폰을 열고 정보를 뒤지기 일쑤였다. 하지만 아이를 삼 년 키워보니 그 시간, 오롯이 나를 위해 쓰는 게 낫다는 것을 깨달았다. 핸드폰을 내려놓고 빌려온 책들을 읽거나 친구들과 함께하는 영어 필사를 끼적이며 밤을 보낸다.

낯선 외국에서 나를 위로해준 책, 설레는 여행지에서 만나 데려온 책, 아이와 함께 읽는 책.

내 곁에서 책은 여러 모습으로, 또 여러 방법으로 나를 성장하게 했다. 오늘도 빌려온 책들을 식탁에 쌓아두고 아이 반찬을 만들었다. 서둘러 반찬을 만들고 달콤한 후식 푸딩을 먹듯 책을 읽어야지. 책은 나에게 달콤한 당근이 되어 일상을 버티는 힘이 되어준다.

05
초보운전

주택으로 이사 왔다. 남들이 너무 부러워하는 주택이지만, 당시 운전을 못하던 나는 도심과 떨어진 이 마을이 너무 걱정되었다. 갑자기 아이가 아프면 어쩌지? 갑자기 먹을게 떨어지면 어쩌지? 시내에 나가야 하는데 버스가 없으면 어쩌지? 당장 수요일마다 진행하는 영어스터디를 하러 가야 하는데 어떻게 나가야 하지?

운전하면 십 분이면 뚝딱 도착하는 거리를 버스를 타고 가려면 30분이 훌쩍 넘는다. 그 울퉁불퉁한 길을 작은 마을버스가 꿀렁거리며 달려 도착하면 속이 여간 메슥거리는 게 아니다. 한번은 영어스터디 가는데 버스를 놓치는 바람에 수업이 다 끝나 도착했다. 스터디 회원들은 이렇게 온 게 어디냐고 대단하다고 이야기해주었지만, 그 속상함은 시간이 한참 지나서도 마음속에 깊이 남아 나를 힘들게 했다.

둘째가 태어나면 더는 미룰 수 없으니 미리 배워야 한다고 강력하게 남편을 설득했다. 남편은 여자 강사로 꼭 알아보고 안전하게 배우라고 신신당부했다. 유튜브에 '미남 강사'의 강의를 들으며 주차하는 방법이나 끼어들기 방법들을 숙지해 두었다. 영상으로 한번 예습해두어서 큰 사고들은 피하며 다니고 있다. 한블리의 '블랙박스' 채널도 꼭 챙겨본다. 스스로 자만하지 않기 위해서다. 사고는 언제든 내 곁에서 일어날 수 있으니 항상 핸들을 잡으면 긴장하고 집중해야 한다.

나는 맘 카페에서 다른 엄마들의 추천을 받아 '드라이빙티처'의 번호를 알게 되었다. 모르는 사람에게 돈부터 보내고 나중에 연락해 만나자 메시지를 받았다. 영수증도 없고 얼굴도 모르지만, 꼭 해야 한다는 절실함으로 송금 먼저 했다. 약속한 날에 그녀는 부드러운 치즈 크림 같은 차를 끌고 치즈 크림보다 더 부드러운 핸들링을 자랑하며 우리 집 주차장에 주차했다.

시동을 켜고 나갈 준비를 하고 있던 나에게 시동을 끄라고 했다. 운전 연습해야 하는데 왜 시동을 끄라고 하지? 첫 수업은 신호를 알려주는 수업이라고 했다. 엥! 이런 걸 수업이라고 하는 것인가? 나에게는 실전 수업이 너무 절실했는데 말이다.

첫 수업은 차 안에서 신호와 도로 상황을 살피는 방법에 대해 듣고 끝났다. 혹시 사기 아닌가 더 크게 의심했고 남편도 시동 한번 안 켜고 수업이 끝났다는 사실에 놀라면서도 다행이라는 눈빛을 보내왔다. 걱정둥이 남편이다. 나보다 다섯 살이나 어리지만, 항상 내 걱정에 밖에서 술 한 잔 안 하고 집으로 들어오는 사람이다.

바람이 불면 집이 날아갈까 걱정하며 전화하고, 눈이 내리는 날에는 계단에서 미끄러지지 말라고 전화가 오고, 비 오면 비 새지 않게 집단 속 잘하라고 전화가 온다. 어디 날아가지도 않을 콘크리트 집을 지어놓고 걱정해대는 남편. 나의 운전 연수에도 어찌나 걱정하는지 남자 선생님에게 희롱당하지 않게 여자 선생님만 가능하다고 신신당부하고, 액셀 브레이크 헷갈릴까 봐 또 신신당부, 동네 어린이 보호구역 조심하라 이야기하는 잔소리쟁이다. 그의 걱정을 뒤로하고 운전 연수 첫 수업이 끝났다. 총 6번의 수업을 30만 원으로 계약했다. 그 중 첫 수업이 시동도 안 켜고 끝났다. 다음 수업이 무진장 기다려졌다.

두 번째 수업은 근처 이마트에 다녀오는 것이었다.

남편과 매일같이 다니는 길이라 길은 너무 익숙했다. 예전 누군가가 나에게 운전하는 것은 차를 모는 게 아니라 길을 가는 거라고 이야기했다. 길을 알면 기계를 움직이는 일은 그다음이라고 말이다.

그 말이 맞다. 모르는 길을 가게 되면 온몸이 긴장해서 도착해서 손이 축축하게 젖을 정도다. 그러나 이마트까지 너무 잘 아는 길이라 리드미컬하게 액셀러레이터와 브레이크를 밟아가며 안전하게 다녀왔다. 그렇게 한번 다녀온 길은 이상하리만큼 편하게 느껴졌다.

우리 마을은 공장지대를 지나 한적한 곳에 자리 잡았다. 작은 도로는 추월하지 않아도 되는 왕복 2차선 도로에 과속방지턱이 계속 있어서 빨리 달리지 않아도 된다. 마음 편하게 천천히 달리면 되는 길이다. 다만, 공장들을 오가는 큰 트럭과 레미콘 등등 공사차들을 꽤 자주 만나게 된다. 커다란 차가 반대편에서 오면 위축되어 자꾸 쳐다보게 된다. 나의 드라이빙티처는 절대 상대방을 오래 바라보지 말라고 했다. 그럼 나의 시선을 따라 차도 함께 움직인다는 것이다. 시선을 두는 곳에 몸이 움직인다는 사실이 꽤 낭만적이고 시적으로 느껴졌다. 그녀의 조언 이후로 나는 나의 시선이 머무는 자리에 신경을 많이 쓴다. 운전할 때 내 길에 집중하고 상대방의 차는 참고할 정도로 힐끔 보고 다시 내 차에, 내 길에 집중한다. 쓸데없이 나의 시선을 흘리지 않는다.

이것은 비단 운전할 때뿐만이 아니라 내 삶에도 지속되었다. 더 아름다운 것을 오래 바라보게 되었고, 다시 보고 싶지 않은 것들은 남기지 않고 바로 치우거나 없애버리며 나의 시선이 머무는 자리를 다듬어 나가고 있다. 아이들 키우는 집에서 참 어려운 일이지만 지치지 않고 노력하려 한다. 가장 만만하고 작은 화장실부터 깨끗하게 치우고 아름다운 것들로 채우려고 노력하고 있다. 현관 앞에 쿠팡 상자가 그득하다. 산타할아버지가 다녀간 것처럼.

나는 귀가 얇아 친구들에게 많이 휘둘리는 편이다. 친구에게 연인에게 그리고 주위 환경에 영향을 많이 받은 '쉬운 여자'다. 다행히 주위에 좋은 친구, 멋진 연인들이 나를 훌륭하게 키우고 지켜줘서 여태 잘 살아온 거 같다. 지금의 남편도 산만한 나를 경호원처럼 지켜주며 걸어 다녔다. 운전할 때 역시 귀 얇고 많이 휘둘리는 나는 앞차에 영향을 많이 받는다. 앞차가 초보운전이면 나는 함께 길을 헤매며 간다. 잘 아는 길, 다 아는 신호임에도 버벅거린다. 반면 멋들어진 운전자를 만나면 멀고 지루한 길도 안전하게 바르게 도착한다. 신호에 걸려도 적당한 거리에서 브레이크를 잡아 미리미리 준비하기도 하고 말이다. 앞차와 같은 극의 자석처럼 적당한 거리를 유지하며 달린다. 누군지 모르지만, 앞차와 헤어질 때면 혼자 나만의 공간에서 나만의 방식으로 굿바이 인사를 전한다. 누군지 모르는 훌륭한 운전자여! 좋은 하루 보내시라~ 또 험한 도로 위에서 만나 나를 잘 이끌어주길 바라오~ 하며 말이다.

언젠가 내가 운전을 잘해서 나를 따르는 운전자가 내 뒤에서 편안함을 느끼길 바란다. 사람도 마찬가지다. 내 곁에 머무는 사람이 나를 만나며 편안하고 즐거움을 느꼈으면 좋겠다. 나의 아이들이 그렇고 나의 영원한 연인인 남편이 그랬으면 좋겠다. 당연한 말이겠지만 부모도 그렇다. 다른 딸들보다 더 편하게 나에게 다가와 나이 들어갔음 좋겠단 생각을 해본다. 똑같은 길도 운전자에 따라서 참 가지각색으로 차가 지나간다. 나의 모습은 어떤지 새삼 궁금해지기도 하네.

운전하면서 가장 행복한 시간은 주차장에서 시동 끄기 전이다. 예전에 나는 남편이 집에 도착해서도 바로 올라오지 않고 차에서 시간을 보내는 것에 대해 답답한 적이 있었다. 이제야 그 이유를 알 거 같다. 집에 도착했다는 안도감과 주차장 안에서 조용하게 나만의 시간을 오롯이 갖는 순간이 너무 소중하다는 것을. 뒷자리 카시트에서 곤히 잠든 아이가 있으면 깨우기 싫어 더 오래 차 시동을 켜고 기다린다. 동네 한 바퀴라도 더 돌며 잠든 아이를 살살 달래기도 한다. 운전을 시작하고 차 안에 작은 노트를 두었다. 이렇게 혼자만의 시간이 시작되면 가만히 눈을 감고 흘러나오는 라디오를 듣기도 하는데, 가끔은 글을 쓰고 싶기도 해서다.

머릿속에 정리되지 않은 것들을 글로 옮기면 이상하게 잘 정리가 된다. 정리되면 길이 보이고 방법을 찾게 되기도 한다. 내 차에 타면 잘 풀리지 않았던 고민이 잘 풀리는 이유도 혼자만의 공간이기 때문인 거 같다. 차에 넣어 두었던 노트에 손때가 타고 페이지가 채워지면서 그동안 써둔 글들을 읽는 것도 혼자만의 재미가 되었다. 내 차가 커다란 일기장이 되어가고 있다는 생각이 든다. 차를 더 소중하게 생각하게 되고 나의 시간을 지키고 싶어지기도 한다. 차를 사랑하는 사람이 되고 있다.

우리 선조들은 예로부터 술을 누구로부터, 어떻게 배웠는가에 따라 평생 술을 대하는 태도와 가치관이 달라진다고 했다. 운전을 배우는 것도 술과 크게 다르지 않다. 차를 부드럽고 안전하게 몰고, 신호와 도로교통 상황을 면면히 살피는 시간을 갖는 것을 중요시한 드라이빙 티처의 가르침이 나에게 온전히 물들었다. 나만의 스타일로 운전을 하지만, 그 가르침이 고스란히 묻어나온다. 운전할 때 피곤해지면 문득 드라이빙 티처가 생각난다. 내 옆자리에서 나를 바라보며 길을 알려주던 따뜻한 목소리도 떠오른다.

운전하는 것을 보면 그 사람을 알 수 있다고들 한다. 이 말이 무슨 말인지 몰랐는데, 운전대를 잡아보니 얼굴이 보이지 않지만 차의 움직임만으로 그 사람을 정말 알 수 있더라. 나를 스쳐 가는 차들도 나의 차를 보고 나를 가늠하겠지? 나는 어떤 사람으로 보이는지 궁금하다.

남들을 배려하고 차분한 사람이라고 생각되길 바라며 오늘도 안전 운전을 해야지. 빵빵~

유기쁨 작가소개

머무르는 것이 최고의 안정이라고 생각했던 사람.
어느 날 갑자기 찾아온 공황 발작으로 준비되지 않은 퇴사를 하며 헤어짐이 깨달음과 사랑으로 느껴지는 순간들을 기록했다. 머무름과 안정과 결과보다 과정과 마음과 사람 안에서 나를 깨닫고 삶을 배워가고 있다.

지금은 조카와 함께 동네 그림 책방을 다니며 그림책을 수집하고 있다. 간단하고 짧으면서도 깊은 메세지가 느껴지는 그림책의 매력에 푹 빠져 새로운 소망이 생겼다. 조카가 오는 주말 마다 집에서 벌어지는 문화 센터를 발전시켜 먼 미래에는 아이들이 북적거리는 그림책과 공작소가 함께 있는 '동네 그림책 공작소'의 귀여운 주인 할머니가 되고 싶다.

인스타 @5959pig
이메일 87pig@naver.com

유기쁨

나도 어른은 처음이라

01
퇴사 후에도 삶은 계속되니까

나는 작년부터 원인 모를 염증에 시달리고 있었다. 가는 병원마다 병의 종류를 막론하고 정확한 원인은 몰랐고, 스트레스일 가능성이 크다고만 했다. 스트레스를 받지 않는 것은 어려워 운동을 시작하기로 했다. 병원에서도 가벼운 운동은 건강 회복에 도움이 될 거라고 했다.

올해 봄부터 주민 센터에서 하는 요가를 시작했다. 많은 운동 중 내가 요가를 선택한 것은 이 전에 경험이 있었기 때문이다. 전문요가원은 아니지만 주민 센터나 보건소의 요가 수업은 종종 들은 적이 있었다. 새로운 것보다 경험이 있는 운동을 하면서 나는 편안함과 유능감을 느끼고 싶었다.

하지만 내 예상은 빗나갔다. 운동에서의 유능감은 경험이 아니라 현재의 건강상태로부터 오는 것이었다. 나는 여태껏 내버려 뒀던 내 몸 상태를 새까맣게 잊고 있었다. 경주마처럼 일에 몰두한 만큼 내 몸을 돌보지 못했고, 몸이 그만큼 굳어있었다. 그래서인지 생각처럼 움직여지지 않았다.

전굴 자세를 위해 허리를 숙이면 무릎이 올라갔고, 무릎을 펴면 등이 굽었다. 모든 뼈마디가 자기주장이 강해졌고, 팔과 다리는 협력이 어려운 상태였다. 그렇다고 전처럼 힘으로 밀어붙여 동작을 해내기에도 역부족이었다. 굽은 등과 말린 어깨는 좀처럼 펴지지 않았다. 나도 모르게 자꾸 거울 속 다른 사람들에게 눈길이 갔다.

그녀들은 마치 갤럭시z플립처럼 곧게 편 척추와 다리가 접혀 종아리와 얼굴이 대화하듯 만나고 있었다. 손은 자신의 발을 넘어 손가락 끝이 벽 쪽으로 길고 곧게 뻗어있었다. 완벽하고 아름다운 자세였다. 그녀들이 아름다운 요가 동작을 완성하는 것을 바라볼수록 내 관절은 왠지 더 뻣뻣하게 굳어가는 것 같았다.

거울에 비친 나와 다른 이들의 동작을 비교할수록 좀처럼 운동이 아니라 경쟁이 되어갔다. 그럴수록 내 마음속은 전쟁이었다. 그저 잘하고 싶은 마음에 메여버렸다. 그런 마음이 나쁘다는 걸 알면서도 멈출 수가 없었다. 그렇게 요가가 내게 운동이 아니라 전쟁이 되어가던 어느 날이었다.

"아사나에는 잘하고 못함이 없습니다. 그저 지금 나의 상태입니다. 잘 안 되는 아사나도 있는 그대로 바라보세요"

"내 몸 상태에 맞게 무리하지 않습니다. 무리하지 않지만 포기하지도 않습니다"

요가를 하면서 가장 좋았던 것은 시작과 끝에 선생님이 해주는 이런 말이었다. 잘할 필요가 없다는 말이 참 좋았다. 때로는 나의 조급함을 달래주었고, 노력과 포기 사이에 적당한 균형을 맞춰주었다. 그때 내게 필요한 것이 마음의 평화이기도 했다. 스스로에게는 해주지 못하는 말이었다.

선생님이 해주는 사랑과 존중의 말을 듣고 있노라면 긴장했던 마음이 잔뜩 올라갔던 승모근과 함께 이완되는 것 같았다. 그 날 수업도 분명 그런 평화 속에서 시작됐다. 마음이 어지러워지기 시작한 것은 선생님의 '잘했다' 는 칭찬 때문이었다. 옆에서 함께 요가를 하던 회원분이 뛰어나게 요가 동작을 완성하는 것을 보고 선생님은 깜짝 놀라며 얘기했다.

"여러분, 이 분이 이 동작의 표본이에요, 너무 잘하시네요! 이 분을 보고 따라 해보세요"

수업 내내 뛰어난 유연성을 보여주는 그 회원을 향한 칭찬이 이어졌다. 칭찬이 이어질수록 거울 속 뻣뻣한 내 몸이 더 초라하게 느껴졌다. 요가선생님의 잘한다는 표현이 애써 잊고 있던 스스로에 대한 못한다는 평가를 떠올리게 했다. 수업 내내 그렇게 거울 속의 나를 미워하다 매트 위에서 갑작스레 눈물이 흘렀다.

나는 뜬금없는 눈물이 당황스러워 누구에게 들킬까 봐 땀 인척 얼른 닦고 매트 위에 누웠다. 요가를 마치고 나와 벚꽃 잎이 흩날리는 거리를 걸으며 헛웃음이 새어 나왔다. '운동이 아니라 병원엘 가야겠네.' 아픈 것이 분명했다. 뭐든 잘 해내야 살아남는다는 직장에서의 압박감이 개인적인 시간마저 삼켜버리고 있었다.

거리를 걷다 문득 병원 간판이 보였다. 'ㅇㅇ정신건강의학과' 종일 병원 이름이 머리를 맴돌았지만 가지 못했다. 언제나처럼 버티면 되겠지, 별일 아닐 거야. 하고 넘겼다. 나의 적절한 퇴사의 타이밍은 아마 그때였던 것 같다. 상황 때문이 아니라 스스로 결정하고 정리할 수 있었던 마지막 기회. 힘들어도 결단을 내렸어야 하는 때. 누군가를 위해서가 아니라 나를 위한 결정을 할 때. 나의 몸과 마음을 위해 쉼을 선택해야 하는 시간.

하지만 나는 여느 때처럼 미련했다. 경제적인 이유로, 익숙한 것들과 헤어짐이 두려워서, 또 다른 시작과 나의 쓸모를 다시 증명해야 하는 것이 엄두가 나지 않아서. 수만 가지 핑계로 퇴사를 미루다 이른 더위로 무더웠던 6월의 어느 날 결국 공황이 터져버렸다.

직장에서 공황이 터진 뒤, 나는 퇴사를 하기로 했다. 결정한 이후로도 나의 미련함 때문에 퇴사의 적절한 시기를 놓친 것을 한동안 자책했다. 내 몸은 한 달도 버틸 수 없을 것 같았지만, 사정을 봐달라는 직장의 요청으로 3개월을 버텼다. 건강을 잃은 나보다 누군가 나 때문에 피해를 보지 않을까 그게 더 신경 쓰였다. 그렇게 모든 것을 내 탓으로 돌리며 괴로워하다 문득 생각이 났다.

'내게 그런 몸의 신호가 없었다면 내가 이 결정을 할 수 있었을까?'

생각해보면 이 직장과의 끝을 예상한 것은 꽤 오래전이었다. 하지만 정불였던 공간과 익숙했던 사람들을 떠나는 것은 내게 어려운 일이었다. 유독 시작을 두려워하는 나에게 퇴사는 단순히 이직을 위한 과정이 아니었다. 내게 퇴사는 어리석게도 끝이었고, 실패였고, 낙오였다. 퇴사의 선택이 자의든 타의든 그건 중요하지 않았다. 무작정 무서웠다.

나의 미래나 내가 바라는 인생의 방향성과 상관없이 끝이 두려웠고, 또 어떻게 해야 좋은 마무리인지 몰랐다. 무언가 문제가 있는 상태에서 나오고 싶지 않았고, 모두에게 피해가 가지 않는 평화로운 시점을 찾고 싶었다. 타인의 상황이나 평판이 나의 안위보다 우선이었다. 그 시점을 찾다 결국 이렇게 된 것이다.

나는 사회생활에서 늘 나보다 타인이 우선이었고, 이 상태로는 분명 스스로 퇴사 결정을 할 수 없었다. 이렇게 몸과 마음이 망가지지 않았더라면 결코. 그렇게 생각하니 마음이 편해졌다. 오히려 그렇게라도 신호를 보내 나를 멈춰준 나의 몸에 조금은 고마운 마음이 들었다. 나의 고통이 더는 브레이크가 아닌 나에게, 내가 통제할 수 없는 증상은 그렇게 스스로 멈출 수 없는 나를 멈추게 해준 것이다.

그 후, 퇴사까지 남은 시간을 보내면서 더는 스스로를 원망하지 않기로 했다. 그리고 타인보다 나에게 집중하기로 했다. 그리고 실패나 낙오로서의 퇴사가 아니라 과정으로서의 퇴사를 준비하고 맞이하기로 마음먹었다. 퇴사는 인생에서 겪는 수많은 과정 중 하나일 뿐이니까. 퇴사 후에도 내 삶은 계속되니까.

02
내가 가꾸는 하루

퇴사 후 가장 큰 변화는 시간이었다. 일을 그만두니 시간이 많아졌다. 하루의 유일한 중심이 일이었는데, 그게 사라지니 하루의 중심이 사라진 것 같아 허전하고 불안했다. 나는 늘 경제활동이 가장 중요한 우선순위였고, 내 하루의 전부였다. 그랬던 내가 일을 쉬겠다고 마음먹은 이후론 하루를 어떻게 채워야 할지 그저 막막했다.

휴식이 아니라 이직을 목표로 했던 과거의 퇴사 때도 같은 경험이 있었다. 이직까지 3주가 걸렸는데 그 짧은 시간도 잘 견디지 못해 힘들어했다. 아침에 눈을 뜨고 밤에 눈을 감을 때까지 나에게 주어진 시간을 사용할 줄 몰라 시간과 감정에 빠져 허우적대곤 했다. 쉬는 것도 먹는 것도 자는 것도 어느 것 하나 편한 것이 없었다. 그저 터널 같은 시간을 견딜 뿐이었다. 너무나 괴로웠다. 그 당시 갔던 정신건강의학과 의사 선생님은 내가 일을 하지 않는 자신을 견디지 못하는 것 같다고 말했다. 무언가 생산적인 것을 하지 않으면 스스로 존재 가치가 없는 것처럼 느끼기 때문에 힘들어하는 거라고 내게 말하며 처음 보는 알약 세 알을 주셨다. 나는 그 약을 먹지 않았다. 약을 먹는다고 해결될 문제가 아닌 것 같았다. 나는 그때 뭐가 잘못됐는지 무엇을 변화시켜야 하는지 알지 못했다. 그저 일하고 싶었다. 내게 다시 일을 주면 다 괜찮아질 것 같았다. 그로부터 3주 후 나는 다시 일하게 됐고, 7년이 지난 지금 다시 퇴사했다.

지난여름 직장에서의 공황발작 이후로 나는 이것저것 많은 것들을 생각했다. 그중 가장 많이 생각하고 고민한 부분이 나는 왜 성취감이나 만족감을 느끼지 못할까? 에 대한 부분이었다. 업무적인 성과와 다른 사람들의 인정을 받기 위해 애썼고, 나름대로 인정의 경험도 했다. 그런데 무엇이 문제였을까? 업무의 성과와 타인의 인정에도 나는 여전히 늘 불안하고 초조했다. 인정과 칭찬을 있는 그대로 받아들이지 못했고, 늘 스스로 부족한 부분에만 몰두하며 자책했다. 나의 생활과 마음을 들여다보며 나에게 빠진 것이 무엇인지 곰곰이 생각해보니 그것은 바로 나 자신이었다.

무엇을 하든 나 자신은 늘 관심 밖이었다. 열심히 하는 일도 생활도 나의 안위나 스스로에 대한 존중이 우선이어야 하는데, 나는 늘 다른 사람의 인정만을 쫓았다. 그렇게 나를 뒤로하고 받는 인정이나 성취는 늘 어딘가 부족하고 헛헛했다. 뿌리 없이 하늘을 날아다니는

민들레 홀씨 같았다. 나라는 뿌리를 깊고 단단하게 키우지 못한 탓이었다. 열심히 살았지만, 거기에 내가 빠져 있었고, 언제나 나의 성취나 성과가 아닌 타인의 인정을 받기 위한 것이기만 했다. 그러다 보니 몸도 마음도 아팠고, 아픈 것을 모를 만큼 곪았다. 이번에도 결국 나는 나를 지키지 못했다.

다음에는 달라야 했다. 다른 건 몰라도 나만큼은 꼭 지켜야 했다. 다음 직장에서는 좀 다른 태도와 다른 관점으로 나를, 타인을, 인생을, 바라보고 싶었다. 그러기 위해 우선순위를 결정하는 주체가 내가 되어야 했다. 누군가에게 인정받기 위함이 아니라 내가 주체가 되어 내가 하고 싶은 것들을 찾고 선택하고 행동해야 했다. 그게 온전한 나의 기준으로 하는 결정이고 행동이다. 그러려면 선택에 있어 무엇보다도 내가 우선이 되어야 했다.

타인의 인정도 나 자신을 지킨 후에야 진정한 의미를 찾을 수 있다. 그래서 나는 이번 기회에 나와 친해지기로 했다. 그리고 내가 시간을 쓰는 온전한 주체가 되기로 했다. 누군가를 위해서가 아니라 오로지 나를 위한 시간을 보내기로 했다. 그래서 내가 좋아하는 것들을 생각했다. 그동안 관심은 있었지만 사는 것이 각박해 마음에 넣어두기만 했던 관심사들을 꺼내어 보았다. 글쓰기, 그림 그리기, 뜨개질, 자수, 상담, 모임, 나눔, 봉사활동, 환경보호단체 활동, 웹디자인 배우기, 요가, 클라이밍, 마라톤…. 내가 하고 싶었던 것들.

나는 하고 싶은 것이 없는 사람이라고 생각했는데 나의 즐거움을 우선순위에 두고 생각하니 갑자기 쏟아지듯 하고 싶은 것들이 튀어나왔다. 돈이 든다는 핑계로, 일에 지장을 주고 몸 상태 조절을 할 수 없단 핑계로, 가정경제에 도움이 되지 않는다는 핑계로, 에너지 낭비라는 이유로 미뤄두었던 것들이었다.

나는 차근차근 하나씩 적어나가며 할 수 있는 것들을 찾아갔다. 경제활동을 하지 않아서 비용이 드는 것이 부담스럽기도 했지만, 꼭 돈을 들여야만 하는 것들만 있는 것은 아니었다. 지자체 주민 센터나 시에서 운영하는 지역 예술재단에서 무료로 이루어지는 흥미로운 활동들도 많았다.

현재 활동하고 있는 작가들이 주제를 정해 직접 수업하는 그림 그리기, 글쓰기 수업도 있었고, 좋아하는 작가들을 직접 만날 수 있는 북 토크도 있었다. 일할 때는 시간에 묶여 정보를 알고 있어도 참여할 수 없었는데, 시간이 자유로워지니 큰 비용을 들이지 않아도 재미있는 활동을 할 수 있었다. 정보를 찾고 일정을 조율하는 과정만으로도 왠지 나의 시간이 풍성해지고, 부자가 된 기분이었다. 그 외에도 SNS를 이용해 정보를 찾아 평소 관심 있던 환경단체가 하는 캠페인에 참여해보기도 했다.

어느 날은 노을공원에서 나무를 심었다. 인스타 광고를 통해 본 [답게 살겠습니다]라는 환경운동 단체에서 노을공원에서 나무 심기

행사하는데 봉사 인원을 모집한다는 글을 봤다. 해보고 싶은 마음에 무작정 신청했다. 함께 갈 사람도 없이 호기롭게 혼자 신청한 나는 막상 당일 모임 장소인 월드컵 공원 역에 가니 주눅이 들었다.

대부분 삼삼오오 짝을 지어 온 무리 속에 홀로 있는 것이 쉬운 일이 아니었다. 어느새 사람들이 모두 모였고, 대절한 버스를 타고 노을 공원으로 갔다. 노을공원에 도착한 후 버스에서 내리니 혼자라 쓸쓸하고 걱정됐던 마음이, 높고 파란 하늘과 노랗고 빨갛게 물든 단풍으로 금세 씻겨나갔다. 아름다운 가을 풍경에 나무 심는 장소까지 꽤 먼 거리를 걷는 동안에도 힘든 줄 모르고 즐겁게 걸을 수 있었다.

나무를 심는 장소는 예전에 묻어두었던 쓰레기들이 흙더미에서 나오고 있는 비탈길이었다. 나무 심기는 3인 1조로 진행되었다. 함께 온 일행이 없는 나는 쭈뼛대며 주위를 둘러보다 여자아이와 함께 온 어머니와 눈이 마주쳤다. 우리는 눈썹을 들썩거리며 함께 하자는 사인을 주고받았다. 모르는 이와 힘을 합쳐 나무를 심는 경험은 새롭고 보람 있는 일이었다. 서로의 묘목을 잡아주고 비탈진 땅을 삽으로 파고, 물주머니를 만드는 일을 함께하며 난생처음 보는 이와 땀을 흘리고, 가쁜 숨을 나누었다.

또 어느 날은 산책하며 쓰레기를 주워 인증 사진을 올리기도 했다. 평소 관심 있는 환경문제와 관련해 작은 것이라도 실천하고 싶어

meet me에서 진행하는 [산책하며 쓰레기 줍기] 리츄얼을 신청했다. 나는 조카가 태어난 이후로 지구환경에 관한 관심이 높아졌다. 그런데도 적극적으로 실천하지 못하고 있었는데 기회가 생겨 한 달간 생활 속에서 쓰레기를 줄이고 쓰레기를 줍는 활동을 하게 되었다. 그렇게 작은 성취들이 모여 시들하던 내 자존감에 물과 햇빛이 되어주었다. 크건 작건 평소 내 신념을 행동으로 옮기는 것으로 나는 스스로에 대한 믿음을 조금씩 가질 수 있었다.

필요할 땐 과감히 비용이 드는 일을 선택하기도 했다. 갈대처럼 흔들리는 몸과 마음의 균형을 잡기 위해 난생처음 전문요가원에 등록하기도 하고, 평소 관심 있던 글쓰기를 꾸준히 하고 싶어 동네 책방 글쓰기 모임에 등록하기도 했다. 그렇게 나를 위한 활동들로 하나씩 채우다 보니 하루의 리듬이 생겼다.

일만 할 때는 느낄 수 없었던 경쾌하고 밝은 리듬감이었다. 그렇게 채운 하루엔 익숙함은 없지만, 하나씩 새로운 일로 가득 채워가는 신비로운 시간이었다. 일하는 시간이 '나무에 맺힌 열매들을 수확하는 일' 같다면, 하고 싶은 일을 하며 지내는 시간은 '다양한 씨앗들을 심는 일' 같았다. 씨앗을 심는 일은 물을 주고 잡초를 뽑아 가꾸며 어떤 열매가 맺힐지에 대한 기대감과 희망을 주는 일이다. 잃었던 희망과 설렘을 다시금 찾은 것 기분 들었다. 오래도록 잊고 있던 것들이었다. 이 시간이 내게 왜 그토록 필요했는지 조금씩 깨달아 가고 있다.

이제는 열매를 거두는 일에만 몰두하지 않고 씨앗을 심는 일을 꾸준히 함께해야겠다고 다짐한다. 지금은 수확을 마치고 황량해진 허허벌판이 된 겨울 땅을 잘 돌보고 봄에 심을 좋은 씨앗을 고르는 중이다. 다시 봄이 오면 꽃도 심고 과실나무도 심어야 하니까 말이다.

03
우리는 책방에서 만났습니다

글쓰기와 나

나는 반성일기를 쓰는 사람이었다. 하루의 끝에 내 실수를 되새기는 사람, 내가 잘한 일보다 못한 일에 마음이 더 오래 머무는 사람, 스스로 장점보다 단점을 더 오래 바라보는 사람이었다. 퇴근하고 돌아와 나는 늘 반성일기를 썼다. 어느 날은 업무를 하며 놓친 실수를 반성했고, 어느 날은 누군가를 미워한 내 마음을 반성했고, 관계에서 지혜롭지 못한 날 반성했다.

내가 반성일기를 쓰는 이유는 하나였다. 내게 상처 준 사람들처럼 살고 싶지 않은 마음. 상처받은 대로 돌려주고 싶지 않았다. 내가 받은 것은 상처였어도 돌려주는 것은 좀 다른 것이 되고 싶었다. 그래야 돌고 도는 상처의 릴레이가 어디선가 끊길 수 있을 것 같았고, 그게 내 역할이었으면 했다.

그런 마음으로 밤마다 쓰는 반성일기는 생각보다 힘들었다. 달빛과 함께 하는 반성은 종종 자책이 되었고, 자꾸만 자학으로 변해갔다. 자기 확신이 낮은 상태로 되새김질하는 반성은 의도와는 다르게 점점 부정적으로 변해갔다. 낮은 자존감 위에 쌓인 반성문은 점점 나를 작아지게 했다. 나는 이제 다른 걸 써야겠다. 생각하던 차였다.

어느 날 핸드폰 검색을 하다 김혜수 배우가 송윤아 배우의 유튜브 채널에 나와 한 이야기를 편집한 숏츠(Shorts)를 봤다. 김혜수는 자신은 단점보다 장점에 더 집중하는 사람이라고 말했다.

"나는 내가 살면서 장점에 집중하는 사람이야. 내 단점에 매여 있지 않아요. 어차피 난 장단점이 있어 그걸로 내가 구성되는 거야. 근데 내가 단점을 잊어버리진 않지. 근데 내가 단점을 갱신하고 보완하려고 노력하는 것보다는 내 장점을 확대하고 그 장점을 좀 더 나은 면으로 나은 방향으로 가기 위해서 노력하는데 훨씬 더 많은 시간과 공력을 들여요. 단점 하나를 보완할 시간에 장점을 더 키우는 게 더 중요하고 발전적이라고 생각해요. 그래서 단점을 보완하는데 들이는 에너지를 10이 에너지의 총량이라면 2 이상 들이지 않아요"

짧은 인터뷰 영상에 머리를 한 대 얻어맞은 것 같은 충격을 느꼈다. 아 그럴 수도 있구나. 장점에 집중하는 방법도 있었구나. 나는 장점이라는 단어를 처음 들은 사람처럼 어안이 벙벙해 한동안 멈춰있었다. 그건 나에게 없는 단어였다. 나의 장점, 나의 강점, 내가 잘하는 것. 나는 줄곧 못하는 것에만 집중하고, 없는 것에만 매달리는 사람이었다.

가진 것들은 버려두고 없는 것에 애달파 있는 사람은 만족할 줄을 모르고 성취한 것보다 이루지 못한 것에 머무른다. 내 반성일기가 반성이 아니라 자학으로 변해가는 이유가 거기에 있었다. 반성에 머물러 단점에만 몰두하던 시선을 이제는 나누어 나의 강점을 찾고 싶었다. 발전적인 방향의 반성은 계속하되 이제는 내 부족한 점에만 몰두하지 말고 나라는 사람의 전체를 바르게 또 다정하게 바라보아야 할 때였다.

나는 반성일기는 잠시 멈추고 칭찬 일기와 감사 일기를 시작했다. 나를 칭찬할 부분과 감사 거리를 찾아 하루에 세 문장씩 매일 썼다. 처음에는 별 것 없는 하루에 칭찬 거리를 찾는 게 어려웠다. 하지만 매일매일 칭찬 거리를 찾아 나의 하루를 되새기다 보니 하나둘 칭찬할 만한 일이 보였다.

1. 오늘 아침에 일찍 일어난 것을 칭찬해요.
2. 미루던 서류작업 한 것 칭찬해요.

3. 병원에 다녀온 것 칭찬해요.

1. 산책할 수 있음에 감사해요.
2. 좋은 날씨 감사해요.
3. 요가 할 수 있음에 감사해요.

이런 사소한 것들을 칭찬하고 감사하다 보니 무언가를 성취해야만 내 삶이 행복해지는 것이 아니라는 것을 깨달았다. 긍정의 눈으로 바라보는 것을 연습하다 보니 나를 바라보는 시선이 달라지기 시작했다. 쌓여가는 칭찬 일기 속에서 내가 잘하는 것들을 살펴보기도 하고, 감사 일기 속에서 생의 의미를 되새기기도 했다. 별 것 아닌 세 문장 글쓰기가 나의 하루에 스며들어 나를 변화시키는 것을 느끼며 나는 글쓰기의 힘을 느꼈다.

때마침 동네 도서관에서 아르바이트하게 되어 유아 서적 쪽에서 배가 작업을 하며 여러 그림책을 만났다. 책을 정리하며 자연스럽게 그림책들을 보게 됐다. 평소 독서에 대한 부담이 있었는데 그림책을 접하면서 따뜻한 그림과 글을 보는 일이 즐거워졌다. 자연스럽게 독서에 대한 부담보다 즐거움과 호기심이 커졌다. 책을 읽는 방법이 꼭 처음부터 끝까지 완독해야만 완성이 아니라는 것도 알게 되었다.

책도 놀이처럼 읽고 싶은 대로 여러 방법으로 읽으면서 독서를 좀 더 다양하고 즐겁게 할 수 있게 되었다. 그러면서 나도 누군가가 재

있게 읽을 수 있는 책을 만들고 싶어졌다. 책을 보고 읽고 느끼고 생각하며 내가 하고 싶은 이야기들이 쌓여갔다. 마음에 쌓인 이야기가 익어 언젠가는 그림책이 될 수도 있다고 생각하니 오랜만에 가슴이 두근거렸다. 일과 관계에 지쳐 힘들 때는 잃어버렸던 설렘이었다. 점점 마음이 회복되고 있다는 신호였다.

나는 이야기를 만들고 싶은 마음을 행동으로 옮겼다. 동네 그림책방에 공저과정을 모집한다는 글을 보고, 문을 두드렸다. 갑자기 책을 쓴다는 게 어려운 도전이기도 했지만 좋은 목표가 되었다. 내가 글쓰기 하러 가는 곳은 작은 동네 책방이었다. 아담한 공간에 귀여운 그림책으로 채워진 공간은 내게 편안함을 주었다. 공간은 주인을 닮는 것인지 그곳을 꾸리는 그림책 작가이자 책방 주인장도 편안하고 정겨웠다.

우리는 매주 화요일, 함께 만나 글을 나누었다. 글을 쓰는 일은 삶을 나누는 일이었다. 우리는 일상을 나누며 대화 안에서 글감들을 찾았다. 나는 뭐든 좋은 글감이 되는 책방 지기님과의 대화가 좋았다. 질 좋은 대화를 하고 돌아온 날에는 좋은 횟감을 안고 집으로 향하는 낚시꾼처럼 든든하고 뿌듯했다. 나는 그렇게 일상에서도 낚시꾼처럼 평범해 보이는 것들에서 글감들을 낚았다.

글감을 찾고, 글을 쓰는 동안 나에 대해, 내게 일어난 일에 대해, 내게 주어진 삶에 대해 생각했다. 그렇게 글을 쓰면서 복잡하게 얽

히고 꼬였던 것들을 하나씩 자세히 들여다보니 정리가 되었다. 객관적으로 나를 바라보기도 하고 또 나를 다독이기도 했다. 신기하게도 글을 쓰는 동안은 밝고 맑아졌다.

나의 글을 함께 보고 나눠주는 동반자가 생긴 후로는 슬픔을 쓰든 기쁨을 쓰든 감정에 휩쓸리지 않을 수 있었다. 그렇게 사람과 삶과 글을 함께 하며 단단해져 갔다. 글을 대하는 마음이 달라지니 삶을 바라보는 눈에도 변화가 생기기 시작했다. 좀 더 다정하게 나와 내 삶을 바라볼 수 있게 되었다.

"기쁨 씨, 더 예뻐지네!"

모임을 함께하는 선생님이 언젠가부터는 이렇게 말을 건네기도 했다. 글쓰기를 하며 복잡하던 마음도 생각도 정리되어가면서 마음도 가벼워지고 얼굴도 밝아지는 것이 사람들에게도 보이는 것 같았다.

아직도 알 수 없는 미래에 불안해질 때가 많다. 사는 동안 불안감은 또 오고 시련이나 어려움으로 다시 무너질 수도 있지만, 이제는 무너짐이 예전처럼 무섭지 않다. 무너짐도 삶의 한 부분이라는 걸 경험했으니까. 나는 언제든 다시 일어날 수 있다.

04
방구석 상담소

"아까 얘기했잖아요! 우클릭!"

컴퓨터 선생님이 퉁명스러운 목소리로 말했다. 내 옆에 서서 화면만을 주시하며 딱딱하게 얘기하는 선생님 목소리에 당황한 나는 허둥대기 시작했다. 답답한 선생님은 다시 힘주어 말했다.

"우클릭!"

퇴사한 후 다니고 있는 컴퓨터 학원에서의 일이다. 나는 10년 가까이 아이들에게 미술을 가르치는 일을 해왔다. 아이들을 대상으로 손으로 하는 미술을 하다 보니 기계를 다룰 일이 많이 없었다. 원래부터 좋아하지도 친하지도 않던 컴퓨터를 이직을 위해 배운다고 해놓고 이게 맞나 후회하고 있던 터였다. 컴퓨터 선생님은 갈팡질팡하는 나를 꾸짖기라도 하듯 매서웠다. 익숙하고 편안한 것들을 떠나 온 서러움이 컴퓨터 학원만 가면 터져 나왔다.

나에게 컴퓨터 학원은 네모난 기계로 가득한 곳, 타닥타닥 짤깍짤깍 키보드와 마우스 소리로 가득한 곳, 마음이 오갈 데 없는 곳이었다. 어렵고 낯선 탓인지 선생님의 작은 반응도 날카롭게 느껴졌다. 이상하게 유독 더 설명이 안 들리고 한번 허둥대기 시작하니 당연한 것도 도통 떠오르지 않았다. 나는 그 날 집에 돌아가 유난히 내게만 선생님이 퉁명스럽다며 엄마에게 볼멘소릴 했다.

생각해보면 내게는 그런 일들이 많았다. 나에게만 오는 것 같은 눈빛들, 날카로운 말들, 편견의 시선들. 사회생활을 시작하며 경험을 통해 조금씩 느끼기 시작한 편견의 시선들이 점점 불어나, 이제는 자신이나 상황을 객관적으로 바라보는 것이 힘들 만큼 커져 버렸다. 언젠가부터 는 객관적 태도로써 느껴지는 편견의 시선보다 내가 부풀어보는 감정의 시선이 더 커지는 것이 스스로 느껴지기도 했다. 그러면서도 그 시선에서 벗어나기 힘들었다.

내게 하나의 부정적인 경험은 하나의 부정적 결론을 만들어냈다. 그 결론은 내 마음속에 못으로 박혀 도저히 떨어져 나갈 기미도 변화할 가능성도 보이지 않았다. 나는 그렇게 못 박힌 상처들로 마음이 가득해져 갔다. 그것이 어떤 것인지도 모른 채 범벅이 되어 사실과 생각과 기분과 느낌의 범주를 넘나들며 아파했다. 나와 세상의 소통을 가로막는 것 같은 그게 무엇인지 모르다가 우연히 본 오은영의 금쪽 상담소라는 프로그램에서 알게 됐다. 그건 '관계 사고'라고 했다.

"자존감이 낮고 자기 확신이 낮은 사람 중 일부는 주위에서 일어나는 모든 일을 자신과 관련 있다고 생각하는 관계 사고를 겪을 가능성이 커요. 자존감이 낮아진 상태에서 나타나는 개념인데, 예를 들어 민수 씨가 PD님 표정이 안 좋을 때 '나 때문인가? 내가 재미없나?' 생각하는 것 같은 생각들을 말해요"

오은영의 금쪽 상담소 108화- 손민수 라라 부부편

관계 사고는 개인이 무해한 사건이나 사소한 우연의 일치를 경험하고 강력한 개인적 중요성을 가지고 있다고 믿는 현상을 말한다. 어느 한 사람이 세상에서 인식하는 모든 것이 자신의 운명과 관련되어 있다는 생각인데, 이러한 연관은 대체로 부정적이거나 호전적인 방식으로 연관되어 있다고 한다. 나는 이 개념을 듣고 알게 된 후로 많은 부분이 뻥 하고 뚫리는 시원한 기분을 느꼈다. 나와 세계를 가로막은 것이 이거였구나. 관계 사고였구나.

나는 어둡고 각진 네모난 작은 방에 문을 드디어 찾은 기분이었다. 나는 이 관계 사고 때문에 상황이나 사람을 제대로 볼 수 없었던 경우가 많았다. 어떤 날은 공동체로 가려는 내 발길을 가로막았고, 어떤 날은 사람에게 흐르고 싶은 내 마음을 가로막았다. 나는 그렇게 과도한 의미부여 때문에 많은 것들을 보지 못한 것은 아닌지 내가 놓친 것들을 생각했다. 내가 부정했던 나를 향한 칭찬들, 내가 믿지 못했던 많은 마음과 사랑들. 오해로 놓쳐버린 사랑과 사람을 생각했다.

나는 그날 티브이 앞에 앉아 오은영 박사님과 개그맨 손민수 씨가 상담하는 모습을 열심히 지켜봤다. 불안하고 초조함이 가득한 얼굴로 들킬까 봐 마음속에 구겨 넣던 불안을 이야기하며 어린아이처럼 삼켰던 눈물을 쏟아내는 그가 마치 나인 것 같아 보는 내내 같이 눈물 흘렸다. 잘한 것은 남 탓, 못한 것은 내 탓으로 여기는 그의 마음이 그동안 흔들리며 얼마나 불안하고 아팠을지가 화면 밖 내 마음마저 고스란히 전달되는 것 같았다.

박사님은 이 부부의 관계를 위해 또 민수 씨를 위해 아내만큼 굳건하게 믿어야 한다고 말했다. 그래서 그 굳건한 믿음을 바탕으로 세상과 소통해야 한다고 했다. 그렇게 민수에게 아내라는 뿌리를 만들어 서로가 의지하며 부부와 이 세상과 소통하며 살아야 한다는 박사님의 말씀이 마치 내게 하는 말처럼 들렸다.

나도 이제는 내 주변 사람들을 믿어야 한다는 말 같았다. 가족들의 사랑을 믿고 친구들의 신뢰를 믿고 나 또한 그와 같이 그 강력한 신뢰를 바탕으로 다시 세상과 소통해야 한다고. 이제 조금은 알 것 같았다. 그렇게 눈물 콧물 다 뺀 나의 방구석 상담소는 손민수, 라라 부부에게 은영 매직이 적힌 쿠션전달을 마지막으로 끝났다. 쿠션은 없었지만 내게도 은영 매직이 전달 된 것 같았다.

이후로도 컴퓨터 선생님의 무뚝뚝한 우클릭은 계속되었고, 나는 그 말투에 연연하지 않고 굳세게 수업을 이어 나갔다. 선생님과 만나는 횟수가 늘어나며 나는 선생님의 다양한 말투와 표정과 표현 방법을 알게 되었다. 내가 느꼈던 투박한 말투는 나에게만 하는 것이 아닌 것도 알게 되었다. 한번 설명했거나 선생님 기준에서 너무 쉽다고 생각되는 것을 질문할 때 선생님은 다른 학생들에게도 서늘한 말투가 되곤 했다.

선생님의 그런 태도나 말투가 나를 향한 것만은 아니라는 걸 비로소 느끼게 된 것이다. 또 선생님만의 투박하지만 정다운 표현 방법도 알게 되었다. 나만을 향하는 태도가 아니라 그 사람의 특성으로 이해할 수 있게 되면서 모든 것이 나와 관련이 있다고 생각하며 과도한 의미부여 했던 관계 사고에서 조금씩 벗어날 수 있게 되었다.

나는 내 눈에 씌워져 있던 오래된 막 하나가 떼어져 나간 것 같았다. 무겁고 납작하고 쭈글 했던 마음이 좀 반듯하고 넓게 펴지는 것 같았다. 그렇게 컴퓨터보다는 선생님의 눈치 보느라 바빴던 수업은 방구석 상담소 이후로 마음이 편안해지며 점점 수업에 집중할 수 있었다. 흥미도 재능도 없던 컴퓨터에 재미를 붙이며 드디어 본질에 더 충실한 시간을 가질 수 있게 되었다. 나는 그렇게 상담료도 내지 않은 방구석 상담소를 통해 조금 더 객관적으로 나를 또 세상을 바라보는 시각을 배웠다. 그리고 이제는 좀 더 나를 믿고 내 사람들을 믿고 세상을 믿으며 당당하고 단단하게 살아야겠다고 다짐했다.

정희정 작가소개

간호사로 10년 넘게 일하다가, 김포에서 책방을 운영 중이다.

책을 원래 싫어했는데 책방을 운영 중이다.
학창시절에는 Y2K 가수를 좋아했고 책방에 오는 손님들과 이야기 나누는 걸 좋아한다.
겨울보다는 여름을 좋아하고 드라이브는 좋아하지만, 운전은 싫어하는 유별난 사람이다.

두 아이를 육아하며 책방을 운영 중이나, 책방을 자주 비운다.
아로마향을 좋아해서 호기롭게 아로마과정을 듣기도 했지만, 입덧을 핑계로 중간에 그만두었다.
깨달은 게 있다면 나라는 사람은 만드는 것보다 사는 걸 좋아한다는 사실이다.

매일 좋아하는 그림책들에 둘러싸여 책을 쓰고 책쓰기를 가르치고 있다.

최고그림책방, 최고북스 출판사 운영 중.
블로그 : https://blog.naver.com/jhj01306
인스타그램 : @choigo_books
네이버카페 : https://cafe.naver.com/jhj01306

Chapter 3

정희정

어쩌다 보니 출판사

1. 무인책방은 손님이 주인이다
2. 85일째 영어필사, 악필은 필수
3. 처음 북토크를 열었습니다
4. 책 쓰는 책방 하나쯤은
5. 강의요청이 들어왔어요

01
무인 책방은 손님이 주인이다.

"누가 훔쳐 가면 어떡해요?"

흔히 물었던 질문이다. 내가 책방을 비우는 시간에 무인 책방 안내판을 세워두고 무인으로 운영하는데 신기하다는 듯, 그래도 되냐는 듯 물어본다. 혼자서 책방을 지키며 일인 다역을 해야 하는 처지라, 온종일 책방을 지키는 일이 쉽지 않았다. 인쇄물을 찾으러 갈 때도, 서류제출을 위해 시청에 방문할 때도, 아이들의 일정을 맞출 때도 내가 발로 뛰고 다녔다.

사실 무인 책방을 시작한 지는 책방을 문을 열기 훨씬 이전이다. 일 년 전쯤 근처 약국에서 무인 책방 문을 열었다. 평소 친하게 알게 지내던 약사님에게 한쪽 벽면에 무인 코너를 운영할 수 있냐고 물어

보니 흔쾌히 된다고 이야기했다. 사업자를 내고 그림책방이라는 이름은 생겼지만, 사람들이 쉽고 와서 그림책을 볼 수 있는 매장이 없었다. 그 당시 방 한 칸에 그림책들을 진열해두고 최고그림책방 간판을 세워두었다. 집 주거지를 주소로 해두었는데, 일 층도 아닌 27층에 사람들이 찾아올 리 없었다.

약국에도 약을 기다리면서 그림책을 볼 기회를 만들고 싶었다. 보통 약국에 가면 약을 짓는 시간이 걸린다. 병원 건물 일 층에는 사람들이 제법 많아서 대기시간이 30분을 훌쩍 넘기기도 한다. 어차피 기다리는 시간에 좋은 책 한 권 그림책 한 권을 아이들과 나누면 어떨까? 하는 생각이 들었다.

약국이나 빵집, 카페 한쪽에 그림책을 진열해두고 싶다는 생각을 바로 실행에 옮겨보았다. 약국에서 무인 책방을 시작했듯이, 김포 구래역에 있는 호호 브래드 빵집에 빵 그림책을 진열하기 시작했다. 귀여운 식빵 그림이 활짝 웃고 있는 <평범한 식빵>은 지금도 빵을 사러 오는 사람들을 맞이한다. 벌써 2년째다. 그림책 모임에서 가지고 나간 이 그림책은 인기 만점이었다. 이렇게 예쁜 그림책이 있다는 사실과 다양한 빵을 눈으로 즐기는 건 물론이고 식빵과 친구들의 제법 단단한 내용과 이야기까지. 삼박자를 모두 갖춘 특별한 그림책이 되었다.

내가 그 자리에 없어도 그림책이 그 자리를 대신해준다. 빵집도,

옷 가게도, 약국도 그랬다. 작년 8월에 문을 연 최고그림책방은 주인이 없는 시간은 무인 책방으로 운영하고 있다. 카드 결제가 불가능하니 계좌이체나 김포페이로 결제하고 가시라고 메모판에 적어 둔다. 그러면 사람들이 와서 그림책을 구경하기도 하고 사가기도 한다!

무인 책방을 열게 된 계기는 순전히 그림책 모임 덕분이었다. 내가 명명한 김포 그림책 모임은 한 달에 한 번 김포 구래역 인근에서 열린다. 5~6명의 그림책에 관심 있는 사람들이 모여 함께 그림책 이야기를 나누고 또 좋은 그림책을 알아간다. 단순히 그림책 모임이 아니라, 평소 혼자만 가지고 있던 고민을 이야기하고 육아의 도움이나 조언받아가기도 한다. 그림책을 보면서 눈시울이 붉어지기도 하고, 평소 놓쳤던 일상의 즐거움을 알아가기도 한다.

처음 모임의 시작은 그랬다. 육아 카페에 그림책 모임 모집 글을 올렸는데 한 명이 신청했다. 이걸 열어야 하나? 열어도 되나? 처음 모임을 운영할 때는 그런 생각도 의구심도 들었다. 순전히 그림책을 좋아했기에 더 많은 사람과 나누고 싶었다. 아이를 키우면서 혼자서 경험하고 고민했을 시간을 또한 함께 나누고 싶었다.

우리는 생각보다 사회와 단절된 시간을 오랜 시간 보낸다. 특히 엄마들은 아이를 출산하고 양육하는 과정에서 (보통 돌 이후까지는)

바깥 외출이 어렵고 집안에서 오롯이 혼자 아이를 돌보는 일이 많다. 그래서 잠시 잠깐 외출이 그립기도 하고, 하늘을 바라보면 눈물이 흘러내리기도 한다.

아이를 돌본다는 건 무한책임을 제공한다는 거다. 돌아오는 대가 없이도 아이를 돌보고 키운다. 엄마·아빠라는 이름이 불리고 OO 엄마로 호명되는 순간, 우리는 부모라는 역할로 자연스럽게 들어온다. 준비가 되었든 되지 않았든 말이다. 아이의 부모가 된다는 건, 먹고 재우고 입히는 일 외에 아이의 대변인이 되어준다는 의미다. 친구와의 다툼이 생겼을 때, 놀다가 누군가를 다치게 했을 때, 오해받을 만한 상황에 부닥치거나 속상한 일이 벌어졌을 때 등등. 아이 주변에서 일어나는 일에 관심을 가지고 아이의 관점에서 그리고 주변의 상황을 함께 살펴볼 줄 알아야 한다.

아이를 낳고 키우는 동안, 그림책과 책에 관심이 없던 내가 그림책에 관심이 생기고 아이와 함께 도서관이나 서점을 여행하듯 다녔다. 책 속에 글이 나를 이끌었다. 나는 마치 뭔가에 홀린 듯 추운 겨울 벤치에 앉아 도서관에서 빌린 책을 (반납하는 날이라) 빠르게 읽어 내려가거나 사진을 찍었다. 작은 도서관에 다닐 때는 바퀴 달린 장바구니 (보통 화장품 등을 사면 사은품으로 주는 천으로 된 장바구니)를 끌고 다니며 그 공간에 장 볼거리 대신 빌린 책을 켜켜이 담아서 다니곤 했다. 추운 겨울 빙판길에 여느 날과 마찬가지로 책바구니(책이 들어있으니 책 바구니)를 끌고 가다가 보도블록 모서리에 닿으면서 바퀴가 깨져버리는 사고가 발생하기도 했다.

그날 매서운 찬바람에 깨진 바퀴가 얼마나 속상하던지. 지금도 그때의 기억이 난다. 돌아오는 길 재활용품 수거함에 장바구니를 두고 오면서 아쉬움을 달래었다. 그 뒤로 비슷한 부류의 장바구니 대신, 그림책도 들어가는 큰 치수 어깨가방을 구매하기도 했는데, 내가 책과 함께 오롯이 시간을 보낸 그 장바구니가 이따금 차가운 겨울이 되면 생각이 난다. 책과 겨울, 그리고 나를 온전히 느낀 시간이었다.

나는 사실 모임에 한 명도 좋고, 내가 모임을 추진하고 사람을 모으는 것도 거리낌이 없었다. 이전 영어 회화모임에 참여할 때도 그랬고, 내가 직접 모임회원을 모집할 때도 그랬다. 나? 영어 발음 안 좋은데? 영어를 잘하는 것도 아닌데 참여해도 되나? 생각보다 영어 관련 모임에서 비슷한 생각을 하는 사람들도 많다.

하지만 영어라는 것이 특출나게 잘하는 사람을 제외하고는 사실 거기서 거기다. (핵심을 간파했다) 우리가 배운 것이 거기서 거기고, 영어 교과서를 통해 배운 것이 다 비슷하기 때문이다. 토익 시험을 치른다고 해서 영어 회화를 잘하는 게 아니라는 건 짐작할 것이다. 점수와 회화랑은 크게 상관이 없다.

그리고 생활 속에서 자꾸자꾸 말해봐야 발음도 익숙해지고 적응

할 텐데, 한국이라는 나라에서 매일 한국말만 하는데 영어가 느는 것이 오히려 이상하다. 일주일에 한 번이라도 (우리의 버킷 중의 하나인) 영어를 말해보자. 그거면 충분하다.라는 생각으로 모임에 참여했다. 우리는 영어를 잘하고 싶고 외국에 나가는 날을 위해서라도 영어는 언젠가는 배우고 써먹어야 하는 필수언어다. 그런 모임을 만들어보고 추진해 본다는 건 이후 책방을 열고 모임을 지속하는 데에도 큰 도움이 되었다.

무인 책방은 손님이 곧 주인이다. 한 명의 손님이 책방에 와서 책을 보고 있으면 또 다른 손님이 온다. 함께 이야기를 나누기도 하고 책을 보기도 한다. 필요한 책을 스스로 꺼내어 보고 또 제자리에 꽂아둔다.

나 역시 누군가 책을 훔쳐 갈까 봐 두렵고 불안한 마음이 있었다. 하지만 내가 볼일을 보는 사이 혹시라도 책방을 방문하게 되는 손님을 놓친다는 게 나는 더 불편하다. 두려움을 이기는 순간 우리는 내 안에 힘이 강해짐을 느낀다. 그리고 책을 훔쳐 간들 어떤가? 그 책을 가져간 사람의 마음은 다시 돌려주는 순간까지 계속 남아 있을 거라는 걸 안다. 내가 그랬으니까. 사실 나는 어린 시절 작은 백화점 한쪽 공간에 책을 훔친 적이 있었다. 그래서 늘 마음 한편이 불편했다.

그 마음을 지금의 책방에서 사람들에게 전해주고 싶다. 작고 어린 내가 잘 모르고 저질렀던 행동이 그 당시 책방 사장님에게 용서받을 수는 없겠지만, 책을 통해 사회에 돌려주고 싶다. 혹여나 내 책방에서 책 한 권을 훔쳐 갔다면, 그 미안하고 갚고 싶은 마음이 흐르고 흘러서 나의 자녀들에게까지 전해질 거라고 믿는다.

02
85일째 영어 필사, 악필은 필수

우리는 최고그림책방 네이버 카페에서 영어 필사를 시작했다. 사실 영어 필사는 이전에도 해본 적이 있었다. 더블엔 출판사는 다양한 필사 교재를 출간하고 있다. 그중에 하루 10분이라는 제목에서 말해주듯, 왠지 만만해 보이는 교재를 선택했다. (실제 해보니 절대 만만하지 않더라) 하루 10분~ 30분은 족히 걸리는 영어 필사는 노력과 정성의 투입 결과물이었다.

한글 필사는 이전에도 독서 노트를 적는 등 익숙하지만, 영어 필사는 또 달랐다. 영어는 예나 지금이나 잘하고 싶은 언어였다. 그리고 어떤 모임이나 필사한다고 공지할 때 '영어'는 대부분 우리에게 잘하고 싶은 언어 분야라서 그런지 초기관심이 많은 분야이기도 했다. 그렇게 우리는 10명의 필사 회원님과 함께 영어 필사를 시작하게 되었다.

10여 일이 지나갈 때까지는 어린 왕자의 주옥과도 같은 구절을 필사했다. 우리에게 <어린 왕자>는 특히 익숙하다. 어린 시절부터 흔히 접했던 동화라서 그런지, 어른이 된 지금까지도 늘 익숙한 제목이다. 하지만 뚜렷한 내용이 생각나지는 않았다. 워낙 유명한 제목이기도 하고 작가의 책이지만, 책과 친하지 않던 나에게는 <어린 왕자>는 가까이하기엔 먼 당신이었다. 그런 어린 왕자는 영어 필사를 통해 자연스럽게 나에게 다가왔다.

영어 필사하면서 특히 좋았던 점은, 정말 쉬워 보였던 단어도 실제로 어렵기도 했고 어려운 단어로만 생각했던 문장이 쉬운 문장으로 표현되는 걸 느낄 때였다. 책 속에 좋은 구절로 표현되는 주옥과도 같은 문장들을 알게 되는 행운을 만나기도 했다. 한글로 번역되어서도 곁에 두고두고 적어두고 싶을 정도로 좋은 문장들이 많았다. 목차 부분을 보기만 해도 고개를 끄덕이게 된다. 인생의 기나긴 여정을 지나온 책의 주인공들이 나누는 이야기와 삶에 대해 알려주는 조언들이 더욱더 인생의 참가치에 대해 생각하게 만든다. 특히 나에게는 <모리와 함께한 화요일>이 특히 더 와 닿았다. 사실 이 책은 중학생 시절 책을 좋아하던 수진이라는 친구가 나에게 선물해 준 책이었다. 한글 번역본으로 받아 든 그 책은 당시 인기베스트셀러이기도 했지만, 책을 별로 좋아하지 않던 나에게 친구가 선물해 준 유일한 책이기도 했다.

목차 중 일부만 적어보면 아래와 같다.

어떻게 죽을지 알면 어떻게 살아야 할지 알게 되지!

자녀를 갖는 것은 다른 것으로 대체될 수 없는 경험이야.

지금 현재 자네의 인생에서 아름다움을 발견해야 해

인생을 살아가는 내내 우리는 누군가가 필요하지

죽기 전에 자신을 용서하게

죽음으로 생명은 끝나지만, 관계가 끝나는 것은 아니라네

삶에서 가장 중요한 것은 평범한 하루에서 완벽함을 찾는 거야

인생에서 너무 늦은 일 따위는 없단다

〈하루 10분 100일의 영어 필사〉 중에서

우리는 죽음에 대해 막연한 두려움을 가지고 있다. 언젠가 죽음을 맞이할 그 날을 예상할 수는 없지만, 우리는 언젠가 죽는다. 생명은 끝나지만, 관계가 지속한다는 말도 깊이 공감하게 된다. 지난주 토요일에는 12월의 김포 그림책 모임이 최고그림책방에서 열렸다. 한 달에 한두 번씩 그림책 모임을 진행한다. 각자 공유하고 싶은 그림책 한 권을 가지고 와 함께 읽고 이야기 나누는 시간을 가진다. 하면 할수록 그림책에 대해 더 빠져들게 되고, 혼자서도 보지 못했던 다양한 그림책 세상을 알게 된다. 이번 모임에서도 그랬다.

실제로 한 어머니가 가지고 온 그림책이 특히 인상적이었다. 평소 같았으면 넘겨봤을 그림책이었지만, 어머니의 선택으로 그림책 모임에 올려진 것이다. 그림책의 내용은 이러하다. 일하다 공사(?) 현장에서 사고로 목숨을 잃은 아버지와 그 가족의 이야기를 그렸는데, 먹구름 속에 갇힌 엄마와 그를 지켜보는 아이의 감정을 담담하게 그려낸 그림책이었다. 죽음을 준비할 수 없었던 가족의 이야기, 그리고 남겨진 가족이 일상을 어떻게 지나가고 치유하는지 그 과정을 그림책을 통해서 전달받을 수 있었다. 맨 마지막 페이지에는 이런 사건·사고 현장에서 갑자기 목숨을 잃게 되거나 상실의 아픔을 가진 사람들의 '자조 모임'에 관해서도 언급해 주었다.

가족의 이별, 관계의 부재, 상실의 아픔 등 우리가 살아가면서 직면하게 되는 크고 작은 고민과 고통 속에서 우리는 어떻게 일상을 영위해나가야 하는 걸까? 그에 대한 물음을 던진다. 비슷한 아픔을 가진 사람들끼리 모여서 모임을 만들고, 사진이나 그림 글쓰기 등의 다양한 활동을 통해 자신만의 아픔을 담담히 표현하거나 기억하고 추모한다. 그림책은 말하고 있다. '너는 혼자가 아니라고' 말이다. 그림책 속 엄마 곁에는 아이가 늘 엄마의 밥 냄새를 기다리고 있었고, 또 아이 곁에는 고양이가 늘 한쪽에 기다리고 있었다.

아이의 곁에 자리한 고양이처럼 그림책도 마찬가지다. 모임에 참여한 어머니의 말처럼, 그림책을 보고 있노라면 그저 감상하게 되고 복잡한 생각보다는 잠시나마 마음의 평안을 느끼게 된다. 그림책 속 틈새 사이에 삐죽삐죽 솟아 나온 잎을 보면서 강인한 생명력을 느끼고, '주인공이 아니어도 괜찮아'라는 문구에 또 한 번 위안을 받는다. 혼자 볼 때와는 또 다른 느낌을 그림책 모임에 와서 주고받는다. 한 시간이라는 시간이 쏜살같이 흘러간다. 그림책 이야기를 공감하면서 이야기하고 이야기를 듣고 있노라면 눈물이 핑 돈다. 누군가의 눈가가 어느새 촉촉이 젖어있다.

누구나 힘들고 어려운 시기가 있다. 왜 나만? 이런 일이 왜 나한테 일어나지? 일어나지 말았어야 하는 일이 나에게 일어났을까? 생각하기도 하고 자책하기도 한다. 이미 지나간 일은 주워 담을 수 없다. 하지만 그 안에서 남겨진 파편 조각들은 그대로 있다. 깨져버린 유리 조각이지만, 인정하고 받아들인다. 다시 퍼즐을 끼워서 맞추거나 유리 파편 조각들을 원상태로 붙일 수는 없겠지만, 있는 조각들 그대로 내 삶의 일부로 받아들인다. 나의 삶과 함께 걸음 맞추어 나아간다.

우울할 때마다 엄마와 오토바이 산책하러 나가는 주인공 아이처럼, 혼자보다는 함께여서 그 시간을 견디고 버티어낼 수 있다. 필사도 그림책 모임도 그렇다. 나 혼자였다면 그림책의 묘미를 이토록 다정하게 풀어낼 수는 없었으리라. 영어 필사도 그랬다. 나 혼자서 시작했다면 85일간의 여정을 함께하지 못했을 거다. 늘 함께하는 누군가가 있었다. <최고그림책방> 네이버 카페는 내가 운영하는 카페다. 한 명으로 시작했던 카페는 어느새 150명을 넘어섰다. 그리고 대표 이미지에는 영어 필사 인증 사진이 매일 올라온다. 매일매일 꾸준히 하면 제일 좋겠지만, 육아도 하고 가족 행사도 챙기고 일도 하고 살림도 하느라 늘 바쁜 엄마들이 많기에 하루, 이틀 퐁당퐁당 쉬어가면서 또다시 시작한다.

필사 모임을 시작할 때부터 그렇게 정했다. 매일 하는 게 목표가 아니라, 100일간의 여정을 끝까지 한번 가보자. 중간에 아이가 아픈 일도 있고, 시댁이나 친정에 가야 할 경우도 있고, 명절을 챙기거나 직장일 바쁜 일도 있을 것이다. 그러니, 멈추지만 말자. 포기하지만 말자! 끝까지 한번 가보자!

그렇게 우리는 혼자가 아닌 함께 영어 필사를 시작했고 85일째 유지해오고 있다. 하다가 멈춘 분들도 당연히 있고, 멈추었다가 다시 시작하는 사람도 있었다. 그리고 이번 도전이 끝이 아니라, 또 다른 시작이라는 걸 알리고 싶다. 하루 10분 영어 필사는 1년 365일 진행되고 계속할 거다. 100일 되는 시점에 또 다른 교재로 하루 10분 영어 필사를 다시 시작할 예정이다. 함께 하고 싶은 분은 언제나 환영한다. <최고그림책방> 네이버 카페에서 영어 필사를 함께 시작해 보자. 멈추지만 말자. 일단 시작해 보자.

03
처음 북 토크를 열었습니다

일 년 전부터 북 토크에 관심이 많았다. 책을 출간하고 어떻게든 그림책 메시지를 알려야겠다는 생각이 가장 컸던 것 같다. 당시 인스타를 시작한 지 얼마 되지는 않았는데, 인스타에서 자주 보이는 책방이나 관련 기관에 연락하기도 했다. 거리가 어디든 신경 쓰지 않았다. <하루 10분 그림책 읽기의 힘>을 홍보하기 위해 개인 비용을 써가며 지방 곳곳을 누비기 시작했다.

북 토크는 말 그대로 작가와 이야기를 나누는 시간이다. 작가가 책에 관한 이야기를 나누고 독자와 질의응답 시간을 가진다. 일반 강의 형태와는 조금 다르다. 코로나 시기가 끝나면서 최근 다시 북 토크의 열풍이 시작된 것 같다. 사람 사는 곳에는 책이 있고, 책을 사랑하는 사람들이 다시 모이기 시작한 것이다.

나의 첫 번째 강의는 경북 구미에 있는 삼일 문고였다. 나의 고향이기도 한 이곳은 나에게 특별한 장소다. 아이들이 어릴 때 방학 때마다 구미친정에 방문했는데, 집 바로 근처에 삼일 문고가 생긴 것이다. 철길 따라 육교를 지나 한참을 걸어가면 보이는 갈색 건물의 삼일 문고. 나는 그곳이 좋았고 아이들도 좋아했다. 할머니 할아버지가 준 용돈으로 한가득 만화책을 담아오기도 했고, 카페에서 맛있는 음료와 케이크를 맛보기도 했다.

<하루 10분 그림책 읽기의 힘>을 출간하고 우연히 대표님과 연락이 닿아 삼일 문고에서 강의를 진행하게 된 것이다. 떨리고 설레었다. 독자들 앞에서 처음 서보는 자리였다. 강의 전날 김천구미역의 한 호텔에서 아이들과 투숙하며 강의할 자료를 밤이 새도록 바라보았다. 중얼중얼 연습하고 실제 앞에 선 모습을 상상하기도 했다. 그렇게 나의 첫 강의가 열렸다.

엄마·아빠도 함께 자리한 삼일 문고에는 좌석이 꽉 찰 정도로 많은 사람이 왔다. 그림책 읽기 강의를 미리 신청한 사람들도 있었고, 나의 친구들도 함께 자리해주었다. 편안하게 강의하고 사람들은 강의화면을 사진찍기도 했다. 평소 궁금했던 부분들을 물어보기도 했는데, 아이들과 책에 관한 관심이 묻어나와 흐뭇한 시간이었다.

이후 제주도에 있는 노란 우산 그림책방이란 곳에서 북 토크를 진행했다. 가족과 여행하는 시간을 핑계 삼아 제주도로 향했다. 호텔이 짐을 풀고 북토크하기 전날에는 남편과 아이들과 함께 근처 가볼 만한 곳을 찾아다녔다. 미끄러운 얼음 미끄럼틀을 유난히 좋아하던 둘째, 시원한 바람을 만끽하며 함께 거닐었던 제주도 풍경이 지금도 눈에 선하다.

제주도에서 렌트한 차를 몰고 제주 시내를 드라이브하다가 '최고이비인후과'라는 간판을 보고 나의 책방 이름을 정하게 되었다. 최고그림책방은 그렇게 제주도에서 탄생했다. 너무나 흔하고 익숙하지만, 다른 방면으로 촌스러울 수도 있는 이름이 잘 된다고 말하던 백종원의 조언이 생각난다. 최고그림책방, 최고북스라는 이름으로 나의 제2의 인생을 시작하게 되었다.

또 어느 날은 기차를 타고 동해 끝에 있는 강릉 고래책방을 방문하기도 했다. 인스타로만 소식을 접하다가 실제로 방문해보니 꽤 규모가 있는 잘 차려진 서점이었다. 아이도 어른도 책과 함께 노닐고 즐기기에 잘 꾸려진 곳이라는 느낌을 받았다. 나도 나중에 이런 규모의 서점을 만들고 싶다고 생각했다.

서울의 유명한 이루리북스를 방문하기도 했다. 블로그, 인스타를 통해 미리 홍보하고 알렸다. 지하 입구 쪽에 있는 이루리북스는 들어가자마자 따듯한 분위기가 느껴졌다. 잘 진열된 그림책 때문이리라. 반겨주는 직원에게 인사를 하고 따듯한 색감의 그림책을 몇 권 주문한다. 먼 곳에서 나의 북 토크에 참여해준 여성분들과 함께 점심을 먹었다. 감명 깊었다는 이야기를 전하고 서로의 일상 이야기도 꺼내고 보았다. 다양한 지역, 다양한 곳에서 다양한 사람들을 만나서 이야기할 수 있었던 소중한 추억이 되었다. 책방 곳곳에 숨겨진 그림책 보물을 발견하는 기쁨도 누릴 수 있었다.

책방에서의 책과 사람들과 함께한 경험이 좋았던 걸까? 내가 막연히 북 토크를 꿈꾸게 된 건 내가 경험하고 몸으로 느낀 책방의 분위기 덕분이었을 거다. 최근 <이토록 다정한 그림책>을 출간한 새의 노래 출판사에서 나에게 직접 이메일을 보내주었다. 책방을 문 연지 얼마 되지 않았지만, 그림책으로 연결되어 있어서인지 단번에 나에게 메일을 보내주었다.

출간기념회 소식을 전하며 초대하고 싶다는 메시지를 보내왔다. 인스타를 통해 알게 된 또 한 분의 그림책 작가님이 있었다. <용이 태어났어요> 그림책을 최근 출간한 김정희 작가님은 뒤늦게 그림책 사랑에 흠뻑 빠진 분이었다. 책방에 그림책을 전달하러 왔다가, 출간기념회 소식을 접하고 우리는 함께 참석하기로 했다. 서울 용산에 있는 출간기념회 장소에 어둑해질 무렵 도착하니 사람이 정말 많았다. 그림책 전문가 4명이 함께 공동 집필한 <이토록 다정한 그림책>은 전국 각지에서 작가님을 만나러 온 사람들이 많았던 것 같다.

나 역시 그림책방을 열었지만, 모르고 지나칠 뻔한 주옥과도 같은 그림책을 알게 되었고 그림책과 함께 음악을 감상하는 멋진 기회도 가질 수 있었다. 그림책과 음악이 이렇게 잘 어울린다고? 속으로 정말 많이 놀랐다. 그림책과 잘 어울리는 노래를 큐레이션 한 작가님도 인상 깊고 멋있게 보였다. 이런 경험들이 이후 책방을 운영할 때 많은 도움이 되었다.

크리스마스 선물처럼 <이토록 다정한 그림책> 작가 북토크가 처음으로 열렸다. 최고그림책방 입구부터 다시 정리하고 그림책들을 앞면이 보이게 진열했다. 원주에서 한걸음에 달려온 이상희 작가님을 위해 예쁜 꽃 한 송이를 준비해 두었다. 처음 열리는 북 토크다 보니 설레기도 하고 긴장되기도 했다. 몇 분이나 오실까? 혼자서 이리 뛰고 저리 뛰면서 홍보하고 다닌 시간이 생각났다. 책방 손님들이 앉을 의자들도 연두색으로 미리 주문하고 책방 한가득 준비해 두었다.

북 토크 시간이 다가오자 한분 두분 자리를 채워주기 시작했다. 이상희 작가님은 그림책 사랑꾼답게 그림책으로 북 토크를 열었다. 따듯한 메시지가 담긴 그림책 이야기가 시작되었다. 참석자들은 그림책으로 흠뻑 빠져들었다. 매번 아이들에게 그림책을 읽어주던 엄마들이지만, 오늘만큼은 좋은 그림책을 마음껏 눈으로 가슴으로 느껴본 시간이었다. 작가님은 그림책을 떨리는 목소리로 전하고 있었다. 그날의 저자 북 토크는 대성공이었다.

그 이후로 나는 한 달에 한 번 저자 북 토크를 열고 있다. 최근에는 이혜정 작가님이 방문해주었다. 삶에 관해, 성장에 관해 사람들의 이야기를 듣고 지금 내가 할 수 있는 작은 부분들을 시작해보라는 실전에서 경험한 많은 비법과 깨달음을 전달해주었다. 평소에는 만나기 어려운 작가님들을 초대해서 책 이야기도 나누고, 삶과 인생에 관한 이야기도 나눌 수 있어서 참 좋다. 나에게도 자극이 되고 기쁨이 된다. 참석자들의 반짝이는 눈망울에서 나는 희망을 발견한다. 최고그림책방은 꿈꾸는 사람들의 열기로 가득하다. 오늘도 내일도 그러할 것이다.

최고그림책방에서는 저자 북토크를 신청받습니다. 책을 출간하신 분이면 가능합니다. 아래 인스타 디엠으로 신청 가능합니다. 작가와 함께 성장하는 책방이 되겠습니다.

인스타 팔로우 choigo_books

04
책 쓰는 책방 하나쯤은

책 쓰는 책방 하나쯤은

오늘은 글쓰기 수업이 진행되었다. 책방을 오픈하기 전부터 나는 책 쓰기 글쓰기 과정을 운영해보고 싶었다. 책방에서 어떤 걸 해야 하지? 책 하나를 판매해서 남는 돈은 3,000~4,000원 선에 불과하다. 책방도 사업이고 장사라는 말이 맞는다. 책이라는 메시지를 전하기 위해서는 책방 운영이 순조롭게 이루어져야 한다. 전기세도 내야 하고 월세도 내야 한다. 책방은 실제 운영하고 관리해 보니 더욱 체감한다.

글쓰기 수업이 모두 유료로 운영되는 것은 아니다. 지역맘카페에서 글쓰기 수강생을 모집했다. 물론 무료다. 내가 평소 즐겨보던 글이 많아서 자주 드나들던 지역 카페였다. 회원 수도 제법 많아서 나름 김포에서 알아주는 카페로 성장했다.

3년 전 김포 그림책 모임을 시작할 때도 이곳에 글을 올렸다. 그림책에 관심이 많은 분이 모여 한 달에 한 번 그림책 모임을 운영해 왔다. 매달 새로운 주제로 이야기꽃을 피우고 울고 웃는 날들이 많았다. 그런 경험과 좋은 영향이 지금의 모임을 추진하기에 주춧돌이 되었다.

글쓰기 수업에 참여할 회원을 모집하고 2월의 첫 시작을 알렸다. 책방에 들어오는 순간, 책방의 주인이자 손님이 된다. 느긋하게 그림책을 보고 작은 책방 속 공간을 탐색한다. 여러 번 만났던 분도 있었고 오늘 처음 만난 얼굴도 있었다. 온라인 카페에서 자주 소통했던 이들은 실제로 만나면 더 반가운 건 기분 탓만은 아닐 것이다.

모임에서 새로운 사람을 만나고 새로운 이야기를 듣는다. 온라인 카페에서 익숙하게 불린 이름 대신, 오늘은 각자의 이름을 소개하는 시간을 가졌다. 글쓰기에서 가장 주체가 되는 건 나라는 존재다. 평소 이름을 말하기가 어색해진 엄마들의 예쁜 이름이 불린다.

아이를 낳고 키우는 동안, OO 엄마라는 이름으로 불린다. 회사가 아닌 일상의 곳곳에서 내가 내 이름을 부르지 않는 이상, 내 이름을 접할 기회는 많지 않다. 모임에 오는 사람들에게 이름을 물어보는 이유다.

글에 관한 이야기를 나누고 책에 관한 이야기를 나누었다. 우리가 평소 글쓰기를 두려워하는 이유는 뭘까? 어릴 적부터 독후감이나 정해진 글을 쓰기에는 익숙하지만, 자신의 이야기를 글로 풀어내는 연습은 하기 어려웠을 거다. 나 역시 나의 글을 누군가가 본다는 것이 창피하기도 하고 부끄럽기도 했다.

글쓰기가 두려운 건 당신뿐만이 아니다. 글쓰기를 배우건, 국어국문학과를 나오건, 독서 논술학원에 다녔건 어떤 식으로든 글을 접했을 당신에게 유독 '내 이야기'가 어려운 이유는 '잘 보이고 싶어서'라는 결론에 다다른다.

잘 쓰고 싶은 마음은 사실 글을 잘 못 쓰게 만드는 주범이 되기도 한다. 나 이 정도는 써. 나 이런 말도 알아. 나 이 정도 되는 사람이야. 글을 통해 표현하고 싶은 거다. 우리가 책을 볼 때도 그렇다.

마흔이 지나면서도 마흔의 쇼펜하우어나 니체와 같은 뭔가 '있어 보이는' 책을 읽어야 할 것 같다. 책의 재미는 모르겠고, 나 이 정도 책은 읽어봤다는 걸 뽐내고 싶었던 건 아닐까?

책이나 글이나 매한가지다. 잘 보이려 할수록 재미가 없다. 이건 명백한 진리다. 나는 걸음마 단계인데 뛰려고 하니 자꾸 헛디디고 넘어진다. 걸음의 재미를 배우기도 전에 피가 나고 다친다. 욕심을 부린다. 더 잘하고 싶은 욕심 때문이다.

오늘 글쓰기 수업에서 함께 만났던 책에도 이런 이야기가 나온다. 잘 쓰려고 하면 할수록 글쓰기에 대한 부담감 때문에 더 멀어진다는 내용이다. 우리가 쓰는 건 나의 이야기고 나의 글이다. 누군가에게 잘 보이려고 하기 전에, 내가 나의 이야기를 진솔하게 적었는지 살펴보면 된다.

설날이라는 주제로 글을 적으면서 연정 님은 파란 썰매에 관한 추억을 풀었고, 진영 님은 만두에 관한 이야기를 풀어냈다. 두 분의 이야기가 귀가 솔깃하도록 재미있었다. 나도 예전에 얼음판 위에서 썰매를 탔던 기억이 났다. 다른 이들의 이야기에 귀를 기울이니, 나의 이야기도 생각이 났다.

책을 보는 것도 이와 같다. 글을 쓸 때 책을 꼼꼼히 볼 필요는 없지만, 곁에 있는 책을 들추어보면서 나의 경험이나 에피소드를 생각해낸다. 책을 통해 내 경험을 끌어낸다. 나도 이런 적 있었는데! 그 이야기를 적어 내려간다.

글과 책은 분리되어있지 않다. 책을 통해 나의 이야기를 풀고, 나의 이야기를 글로 적어낸다. 독서 모임에서 함께 나누는 이야기도 우리의 이야기다. 책 한 권을 달달 외워서 읽지도 않거니와 많이 읽든 적게 읽든 문제 되지 않는다.

책 속의 한 문장이라도 나에게 깨달음을 주거나, 나의 이야기가 생각이 난다면 그 이야기에 대해 생각과 의견을 나눈다. 책을 어떻게 읽어야 하는지 방법도 알려준다. 책의 재미를 못 느끼던 사람들에게 밑줄도 긋고, 여백에 내 생각도 적어보라고 넌지시 알려주고 보여준다.

책을 이렇게 봐도 돼요?

라는 눈으로 나를 바라본다. 내가 좋았던 부분의 모서리를 살짝 접어둔 걸 보고는 흠칫 놀랐다는 회원분도 있었다. 지금의 독서 모임에서 나누는 이야기가 좋고 함께 나누는 사람들이 좋다. 책에 가까워지고 싶어서 독서 모임에 참여한 회원님은 남편에게도 책을 전하고, 남다른 책에 관한 사랑을 표현했다.

책방에서 글도 쓰고 책도 쓴다. 책방에서 독서 모임도 하고, 영어 필사도 한다. 작은 동네 책방이지만 만능엔터테이너가 되고 싶은 건 나의 욕심일까? 지금의 작은 공간에서 재미있는 책도 만나고 함께 나누는 소통의 기쁨을 알아가면 좋겠다. 무엇보다 글도 적어보고 책도 쓰는 가치 있는 기회를 만났으면 좋겠다.

책방이 어려운 곳이 아니라 누구나 편하게 드나들 수 있는 공간이 되었으면 한다. 책도 물어보고 글도 적어보고 책 쓰기도 배워보고. 다양한 자기 계발의 장으로 마음껏 활용했으면 하는 바람이다.

그것이 책방도 살고 나도 살고 책과 함께하는 김포 거리를 만드는 방법이니까. 오늘은 어떤 손님이 올까?

오늘도 책방 문을 열었습니다.

05 강의 요청이 들어왔어요

나에게 하나는 무엇이었을까? 하나의 모임, 한 명의 사람, 한 개의 원고, 하나의 책, 한 개의 동영상, 한 명의 손님. 조금 전 원고를 어떤 내용을 써야 하나 빈 여백을 앞에 두고 앉았다. 그러던 중 핸드폰 벨소리가 들렸다. 누구지? 보통 이 시간은 남편이 퇴근길 마치고 전화와서 오늘도 그러겠거니 핸드폰 액정화면을 봤다. 어라? 송현옥 더블엔 대표님의 전화다. 무슨 일이지? 잠시 생각하다가 통화버튼을 누른다.

"롯데마트 문화센터에서 강의 요청이 들어왔어요~!"

송현옥 대표님과는 오랜 인연이 있다. 출간될 뻔한(?) 책이 있었다. 내가 방문간호사로 일하면서 매일의 일상을 기록하던 원고를 출판사로 보냈고, 대표님과 그렇게 인연이 시작되었다. 방문간호사 일을 그만두면서 회사 내부적인 사정으로 <달리니까 좋다, 엄마 간호사> (가제)는 출간되지 못했지만, 그 인연을 시작으로 대표님과 연락을 주고받았다. 이번 책도 그런 인연으로 시작되었다.

일 년 전 나는 <하루 10분 그림책 읽기의 힘> 원고를 작성하고 있었다. 제목에서 보는 바와 같이 그림책 육아에 관한 이야기다. 당시 그림책 수준을 넘어서 '성교육' 그림책도 섭렵하고 있었는데, 해당 내용을 원고에도 기재했다. 브런치에 올린 그림책 성교육 원고 글을 우연히 사서 선생님이 보고 연락이 왔다. 그림책 성교육이 평소 들어보지 못했던 강의이기도 하고, 꼭 필요한 교육이라는 걸 알기에 강의 요청을 해 온 것이다. 난생처음으로 '성교육' 강의를 진행하게 되었다. 성교육 강의로는 첫 번째였다.

단원시 어린이도서관 주체로 진행되었던 '부모와 아이가 함께하는 성교육'은 대성공이었다. 코로나 상황이라 줌 온라인강의로 대체했는데, 가정에서 엄마와 아이가 함께 들을 수 있어서 더 좋았던 것 같다. 초등 저학년 친구들도 있었고 어린 친구들도 있었다. 나의 이야기가 도움이 많이 되었다며 사서 선생님은 감사의 인사를 전했다. 우연이지만 브런치의 글을 보았고, 나에게 강의 요청을 해왔고, 그 강의를 시작으로 나는 그림책 성교육강사의 길로 접어들었다. 하나의 관문을 지났더니 또 다른 문이 보였다. 김포지역 커뮤니티 카페에서 활동하고 있었는데 매달 무료로 진행되는 그림책 모임회원을 모집하기 위해서였다. 평소에도 그림책 모임 공지글을 올리고 모임에 참여하는 분들이 있었다. 매달 각기 다른 주제로 모임을 열었다.

한 번은 그림책으로 함께하는 성교육이 주제였다. 자녀를 양육하고 있는 부모들은 단연 궁금한 주제다. <엄마 씨앗 아빠 씨앗> 그림책을 시작으로 다양한 그림책을 선보였다. 함께 읽고 그림을 보면서 '그림책 성교육 시간'에 빠져들었다. 당시 부모님들이 남겨준 후기만 보아도, 자녀들과 함께하는 성교육이 얼마나 중요한지를 다시 한 번 깨달을 수 있었다. 그 여파는 내가 간호사로 일하는 동안 계속되었다.

내가 일하던 종합병원에서 그리 멀지 않은 곳에 봄길책방이 있었다. 인천 강화와 김포 사이에 있는 봄길책방은 내가 개인적으로 참 좋아하는 곳이다. 고즈넉한 저녁노을을 바라볼 수도 있고, 따듯하고 잔잔히 나를 맞이해 주는 책방 부부대표를 만날 수 있어서다. 좋은 책들도 참 많았다. 유치원에서 오랜 기간 일해온 대표님과 편집자로 책을 만들어오신 남자 대표님이 손수 고른 책들로 서가를 가득 채웠다. 책들 속에서 새로운 책, 재미있는 책, 울림이 있는 책을 만날 수 있었다.

어느 날 봄길책방에서 연락이 왔다. 인스타를 통해 나의 성교육 강의 사진을 접하게 된 부모님에게 강의 요청이 온 것이다. 경기도 광명에 거주하는 초등학생 친구들과 함께 책방스테이를 하면서 성교육 강의를 듣고 싶다고 했다. 나는 흔쾌히 알겠다고 했다. 나의 도움이 필요한 곳이라면 당시 없는 시간을 빼서라도 강의를 다녔다. <그림책으로 시작하는 성교육>에서도 언급했듯이 광명에서 방문한 친구들과 부모님들과 함께 시간을 보냈다. 아이들은 해맑고 순수하게 나의 강의를 들었고, 가끔 진지하거나 장난기 가득한 행동을 취할 때가 있었다.

무엇보다 그림책 속으로 진지하게 임하는 친구들이 내심 흐뭇하고 뿌듯했다. 아이들이 자기 몸의 변화에 대해 자연스럽게 받아들이고, 신체 건강한 어른으로 성장할 수 있는 과정이라는 것을 알게 되기를 바랐다. 아기는 어디로 나와? 아기는 어떻게 생겨? 를 시작으로 아기가 어떻게 커나가는지를 그림책을 보면서 함께 알아갔다. 성교육은 말로만 전하기에는 참으로 어렵다. 그래서 그림책이 필요하다. 추천하는 그림책을 연령대별로 보고 읽어준다면 아이들도 일상생활 속에서 자연스럽게 성교육이 가능하다. 내가 운영하는 김포의 "최고그림책방"에는 해당 나이별로 추천할 만한 그림책들로 가득하다.

오늘 전화 받은 강의 소식에 이전 처음 강의할 때를 떠올려본다. 사실 첫 강연은 경북 구미에서였다. 고향이자 나의 친정인 구미는 나와의 인연이 아주 깊다. 가끔 친정으로 향할 때마다 들르는 곳이 있었는데 바로 구미 삼일 문고다. 이름처럼 서점 맞다. 일반 서점이 아니라 아주 큰 대형서점이다. 교보나 일반 대형서점과 견주어도 손색이 없다. 저자 강의도 제법 많이 열리는데, 삼일 문고의 대표님이 전국을 돌아다니며 좋은 서점을 일구기 위해 애쓰고 있다는 걸 어렴풋하게나마 짐작하고 있다. 나도 그런 서점이 될 수 있을까? 감히 생각해본다.

첫 강의도 그냥 열린 것이 아니었다. 내가 첫 번째 책에 삼일 문고 이야기를 적었고, 첫 책이 나온 이후 똑똑 노크했다. 서점 관련 메일이나 기재된 연락처로 연락을 주기적으로 보냈다. '나라는 사람도 여기 있어요!' 알아봐 주든 단번에 알아보지 않든 손을 흔들며 나를 알리기에 열중했다. 메시지가 통했던 것일까? 대표님에게 핸드폰으로 연락이 왔고, 그렇게 부랴부랴 첫 번째 강의가 진행되었다.

두려워만 했다면 이루지 못했을 성과이고 결과다. 완벽해지기까지 기다렸다면 강의하는 기회조차 얻지 못했을 거다. 그저 나에게 온 기회라고 생각했다. 내가 열심히 씨앗을 뿌렸고 거름을 부었으니 싹이 틀 날이 오겠거니 지켜보고 또 지켜보았다. 그러는 동안 나는 매일의 내 할 일에 집중했다. 간호사로 주어진 업무를 이루어냈고,

직원들과 불편한 사항이 생기면 건의하거나 개선하기 위해 방법을 찾아보았다. 수간호사라는 직책만큼이나 어느 것 하나 소홀히 할 수는 없었다. 내가 근무하는 장소에서는 나의 맡은 바 임무를 수행하고, 더 나은 개선할 부분이 있는지 늘 고민하고 생각했다. 실제로 매뉴얼을 만드는 작업을 진행하기도 했는데, 새로운 직원이 올 때마다 통일화된 매뉴얼로 교육하면서 시간도 단축하고 업무의 효율을 높이기 위해서였다.

연차를 사용하거나 쉬는 날에는 강의하는 업무에 주력했다. 멀리서 찾아온 분도 있었고 김포 가까이에 거주하는 분도 있었는데 늦은 저녁 퇴근하자마자 강의하고 온 날도 있었다. 나를 찾아주고 성교육이 필요한 곳이라면 주저하지 않았다. 진심과 정성으로 내 아이에게 교육한다는 마음으로 매 순간 임하고 시간이 흘렀다.

나는 책방을 열었고, 지금도 강의와 성교육을 진행하고 있다. 처음 책과 만남이 그림책 읽어주기로 이어졌다. 아이에게 그림책을 읽어 준 시간이 어쩌면 나에게 다가온 행운의 열쇠가 아니었을까 생각한다. 덕분에 나는 아이들과 오롯이 함께 있는 시간을 늘려나갈 수 있었다. 한 명에서 시작한 모임이 제법 규모가 커졌고, 한 명의 가입에 불과했던 네이버 카페가 100명이 넘을 정도로 무럭무럭 자라나 가고 있다. 그림책에 관심 있는 분들이 많다는 사실에 기쁘고 보람차다. 처음의 시작에서 주저하거나 머물렀다면 지금의 나와 책방은 없었을 거다.

하나에서 시작하면 된다. 한 명이라도 모임을 꾸려보자. 그 한 명이 좋으면 다른 친구를 데리고 온다. 매일의 일상에 나는 나에게 미션을 건넨다. 출판사에 원고를 보내는 일도 그랬고, 강의하는 일도 그랬다. 메일에 충실하고 준비하면서 하나씩 만들어 나가는 보람도 느낀다.

점을 하나 찍으면 그 점이 다른 점으로 이어진다. 나의 노력과 씨앗, 도전, 시도가 아주 자그마한 점이다. 점은 또 다른 점으로 이어지고 그렇게 선이 되고 마침내 별이 될 것이다. 내가 오늘 무수히 찍은 작은 점들이 모두 선이 되는 건 아니다. 하지만 점을 찍지 않았다면 이어질 선도, 나의 영향력도 없었을 거다. 지금 내가 있는 자리에서 점 하나를 찍어보자. 긍정 확언도 좋고, 필사도 좋고, 이렇게 글 쓰는 일도 좋다.

모두 하나에서 시작한다. 내가 마주하는 한 사람, 내가 행했던 한 걸음, 내가 끄적인 한 줄 그렇게 당신의 한 줄기 인생이 시작된다.

나오며

책방을 하면서 책도 팔고 책도 읽고 책도 쓴다. 혼자서 하는 게 아니라 카페 회원님들과 함께 필사하고, 책방에 오는 손님들과 책을 읽고, 책 쓰기에 관심 있는 분들과 함께 책을 쓴다. 혼자서 책방을 열었지만, 책방을 일구고 가꾸어가는 것은 함께이기에 가능했다.

아이와 함께 독서 모임에 오고, 그림책 한 권을 가지고 그림책 모임에 오는 사람들. 한가득 영어지문이 빼곡하지만 함께하는 영어 필사를 매일같이 실천하는 카페 회원님들, 책방에서 만나는 사람도, 만나지 못하는 사람도 우리는 모두 책과 함께 연결되어 있다.

책이라는 재미를 알리기 위해 매일 재미있는 책을 찾는다. 먼 거리에 있는 분들을 위해 최고그림책방 네이버스토어에는 재미있는 책들을 올려놓는다. 책방에 손님이 많이 오는 날도, 파리만 날리는 날도 있지만 매일 나름의 돈 버는 방법을 연구한다. 아이디어를 내기도 하고 이벤트를 열기도 한다. 재미있는 이벤트를 열어서 좋고, 좋은 그림책들이 주인을 찾아가는 것 같아 좋다.

우리는 책방에서 만났다. 시작이 다 같다고 해서 마침표를 동시에

찍는 것은 아니다. 책방 이야기는 현재진행형이다. 자영업을 하는 사람도, 직장에 다니는 사람도, 가정에서 아이를 돌보는 엄마도, 잠시 일을 쉬고 즐거운 여유를 만끽하는 사람도 책이라는 배를 타고 항해하고 있다. 안전지대를 벗어나 진정한 나를 찾기 위해 한 걸음 뗀 모두를 응원한다.

당신의 이야기가 궁금하다. 김포 구래역 2번 출구에 있는 최고그림책방은 언제나 당신의 이야기를 기다린다. 천천히 길을 걷다가 어? 여기에 책방이 있었네? 오렌지빛의 간판이 당신의 눈에 들어오기를 바란다.

어쩌면 인생의 길이 그렇지 않을까? 목적지에서 살짝 벗어난 곳에 의외의 멋진 곳을 발견하듯 최고그림책방이 그런 존재가 되었으면 좋겠다. 우리들의 이야기는 이제 시작이다.

책 쓰는 책방 하나쯤은

발 행 | 2024년 03월 20일
저 자 | 정희정 외
펴낸이 | 정희정
펴낸곳 | 최고북스
출판사등록 | 2023.10.26.(제 409-2023-000087호)
주 소 | 경기도 김포시 솔터로 22 메트로타워예미지 301동 115호
전 화 | 010-6408-9893
이메일 | jhj01306@naver.com

ISBN | 979-11-986495-3-9 (03800)